CARLO LUCARELLI

THRILLER

Aus dem Italienischen von Karin Fleischanderl

Folio Verlag, Wien · Bozen

*Für Bea und Francesco,
die Erstleser dieser Geschichte,
und den Enthusiasmus, den sie mir
Seite um Seite vermittelt haben.*

Teil eins
Der Leguan

Amor
You don't find me
I'm a reckless
Are you knocking at the door?

Amor
Du findest mich nicht
Ich bin rücksichtslos
Klopfst du an die Tür?

MELANCHOLIA, *Léon*

Marta hockt unter der Spüle, eingeklemmt zwischen dem Abflussrohr und den Putzmitteln.

Der Carabiniere streckt die freie Hand aus, in der anderen hält er die Pistole, und berührt sie, doch sie starrt geradeaus, der Rand der OP-Maske streift die unbeweglichen Lider. Abwechselnd mit der rechten und der linken Hand streicht sie über die Haarstoppeln, vor und zurück.

Auch der zweite Carabiniere hat eine Pistole, in der anderen Hand hält er ein Handy, drückt es an das Ohr, als wolle er es hineinpressen.

– Nein, nein ... Es ist ein Mädchen, klein, sie trägt T-Shirt, Hose und Crocs, alles in Weiß ...

Der erste Carabiniere versucht unter die Spüle zu kriechen, er möchte Marta am Arm packen und sie herausziehen, wie ist sie da bloß hineingeraten, doch der andere schüttelt den Kopf, *nein*.

– Hör auf, das ist eine Krankenschwester.

– Komm schon, siehst du nicht? Sie steht unter Schock.

– Hör auf! Gleich kommt die Rettung und kümmert sich um sie. Der Capitano sagt, wir sollen beieinanderbleiben.

Marta starrt ins Leere, offenbar bewegt sie die Lippen unter der Maske, doch kein Laut ist zu hören. Wie um sich zu entschuldigen, streift der Carabiniere ihre Schulter mit den Fingern und steht auf, indem er sich auf den Knien abstützt.

In der Küche befinden sich zwei Türen, einander gegenüber. Die Tür, durch die sie hereingekommen sind und die auf den Park der Villa blickt, hat halb offen gestanden, und auch die Tür, auf die sie blicken, ist halb offen, davor steht ein Tisch mit Plastiktellern, kalte Makkaroni in gestockter Tomatensauce.

Der Carabiniere, der weiter vorne steht, drückt das Handy an die Schulter, damit man ihn nicht hören kann, und dreht sich mit nervös zusammengepressten Lippen zu dem anderen um.

– Die machen mich verrückt ... *Ihr müsst beieinanderbleiben, beieinanderbleiben* ... Du solltest hören, wie der Capitano schreit.

Er berührt die Tür mit der Schuhspitze und drückt sie auf, die Pistole gezogen, und der Kollege dahinter hält die seine ebenfalls mit beiden Händen.

Man hat ihm gesagt, die Wohnungen der Anstalt seien alle identisch, eine Reihe von kleinen Häuschen, den ehemaligen Pavillons des alten, aufgelassenen Irrenhauses von Imola.

Stimmt. Ein Schlafzimmer rechts, eines links, und das Bad ist am Ende des Gangs.

Das Zimmer rechts: leer, offene Tür. Ein Blick reicht: kein Schrank und das Bett ist zu niedrig, als dass sich jemand darunter verstecken könnte.

Das Zimmer links: halb offene Tür. Der zweite Carabiniere öffnet sie mit der freien Hand, er muss drücken, sie klemmt, der Teppich hat sich unter der Tür zusammengeschoben. Ein Schrank und zwei Betten nebeneinander, doch im Schrank sind nur ein paar Kleider und auch hier sind die Betten zu niedrig.

Die Tür zum Bad am Ende des Gangs ist jedoch geschlossen. Versperrt, und der Schlüssel steckt nicht im Schloss.

– Küche und Schlafzimmer leer, abgesehen von der Krankenschwester. Wir gehen ins Bad.

Er steckt das Handy in die Jackentasche, flüstert seinem Kollegen zu, *sie sagen, wir sollen vorsichtig sein*, dann stützt er sich auf dessen Schulter, um das Gleichgewicht zu bewahren, hebt das Knie und versetzt der Tür einen Fußtritt, gleich neben der Schnalle, so fest, dass sie aus den Angeln springt.

Sie liegen in der Badewanne. Sie oben und er unten, ein Bein ragt über den Rand der Wanne, ein Schuh baumelt vom bestrumpften Fuß. In der Wanne ist Blut, viel Blut, aber nur in der Wanne.

Der Carabiniere nimmt wieder sein Handy.

– Zwei Leichen, Mann und Frau. Die Frau hat eine Plastiktüte auf dem Kopf, aber … ist gut, also der Mann. Halbglatze, untersetzt, ungefähr fünfzig … nein. Nein, Signor Capitano, zwei Leichen und die Krankenschwester. Nein, da ist kein weiterer Mann. Ich versichere Ihnen, Signor Capitano, da ist niemand!

Er stößt einen Fluch aus, flüstert seinem Kollegen zu, *er will ihn sehen*, und hält die Handykamera auf die Badewanne.

In diesem Augenblick verspürt Brigadiere Gualandi plötzlich Angst.

Grundlos, denn nichts ist passiert, kein Geräusch, keine Bewegung, er und sein Kollege stehen mit gezogener Pistole mitten in diesem Zimmer, und außerdem ist er schon eine Weile bei den Carabinieri, war immer auf der Straße, er hat schon Schlimmeres gesehen als zwei blutüberströmte Leichen in einer Badewanne, doch plötzlich wird sein Nacken aufgrund einer absurden Angst steif, er presst den Kiefer so fest aufeinander, dass es wehtut.

Noch nie in seiner Laufbahn hat er eine so heftige, physische Angst verspürt, auch nicht im Privatleben, nicht einmal als Kind.

Auch der Gefreite Marconi schnuppert, als ob er die säuerliche, stechende Angst riechen könnte, bis hinunter in den Schlund.

Angst.

Beide haben Angst, sie stehen Rücken an Rücken, im Bann einer unnatürlichen Angst, die Pistolen gezogen, bereit, auf jemanden zu zielen, doch auf wen, wo doch niemand da ist?

Marta unter der Spüle verkriecht sich noch weiter nach hinten. Sie starrt ins Leere und streicht sich unablässig über die Haare, die so kurz sind wie die Stacheln eines Igels.

Tonlos bewegt sie die Lippen unter der feuchten Baumwolle der Maske, das enge Gummiband zerrt an ihren Ohren, die so noch größer und abstehender wirken, als sie wirklich sind.

Sie singt einen Schlager, *bring mich weg von hier, bevor ich ertrinke,* sie versucht, sich an die fröhliche, Synkopen singende Kinderstimme zu erinnern, *bring mich irgendwohin, bevor ich ertrinke,* nur diesen Refrain, ausschließlich diesen, denn das Lied ist auf Japanisch, und Marta hat es nicht geschafft, die Sprache zu lernen.

Oku o tsuretette hita mi kondeshimau mae ni.

Grazia denkt: *Endlich.*

Sie hat nichts gespürt, bloß einen Stich ins Kreuz, als die Epiduralanästhesie gesetzt wurde, ein schnelles Kribbeln in den Beinen und einen kurzen heißen Schauer. Sie weiß nicht einmal, wie lange es gedauert hat, eine Stunde, eine Minute, wie lange sie die Neonröhre am Plafond des OP-Saals angestarrt und *ja, danke* geantwortet hat, als die Krankenschwester sie fragte, ob alles in Ordnung sei, ob sie ruhig sei, *entspann dich bitte, alles okay?*

Nein. Grazia denkt *endlich,* denn hinter dem grünen Vorhang, der sie vom Bauch abwärts abdeckt, haben der Arzt und die Krankenschwestern sich die ganze Zeit über ein neues Restaurant unterhalten, das vor Kurzem im Roveri-Viertel eröffnet worden ist, er hat am Abend davor dort gegessen, und sie hat Hunger bekommen, doch allein bei dem Gedanken an Essen hätte sie sich beinahe übergeben.

Deshalb denkt sie, *endlich,* als die Krankenschwester mit dem ersten Baby kommt und es ihr, fast Wange an Wange, ans Gesicht hält.

Sie hat das Baby gerade mal aus dem Augenwinkel gesehen, ein Engelchen, ein kleines, zerknautschtes Gesicht, bereit zu schreien, mit geballten Fäusten und zusammengekniffenen Augen, nur einen Augenblick lang, denn sie müssen auch noch das andere herausholen.

Und da denkt sie wieder, *endlich.* Ja, endlich ist sie die Last in ihrem Bauch los, wegen der sie gebückt gehen musste und die gegen ihre Rippen drückte, weil eines der beiden Babys oben lag, sie hatte es im Ultraschall gesehen, um das andere herumgewickelt. Sie betrachtete den Monitor nur ungern, deshalb wandte sie immer den Blick ab, wenn die klebrige Sonde ihr kalt über den Bauch glitt. Der metallische Herzschlag war ihr lieber als die Schwarz-Weiß-Silhouetten von Nasen und Wangen. Das hatte sie von ihrem Ex gelernt. Simone war von Geburt an blind, er hatte sie gelehrt, zu hören anstatt zu schauen. Während der Dauer ihrer Beziehung war er ein guter Lehrmeister gewesen.

Es waren nicht seine Babys. Sie hatten es lange versucht, doch es war nicht gelungen, schuld war Simone, schuld waren Grazia und ihre Arbeit, schuld war die Situation, alle flüchtigen Verbrecher, aber vor allem die *Ungeheuer,* wie sie sie nannte, die sie jagte. Der *Lupo mannaro,* der Kampfhund, die Bestie, der grüne Leguan, sie besaß einen ganzen Zoo davon, und selbst wenn sie sie festgenommen hatte – denn das war das Einzige, was sie interessierte, sie wollte sie festnehmen, nicht verstehen –, blieb ihr der Jagdinstinkt erhalten. Das war zu viel. Sie hatte alles hingeschmissen, Simone, die Polizei, ihre *Ungeheuer,* und sich eine Auszeit genommen. Sie hatte die Sache allein erledigt.

Dreiunddreißig Wochen, dann hatte ihr Doktor Scagliarini gesagt, sie seien bereit, Zwillinge kämen immer ein wenig früher zur Welt, und hatte in der Geburtenstation des Ospedale Maggiore einen Kaiserschnitt-Termin für sie vereinbart.

Endlich.

Auch das Zweite war ein Engelchen, wenn auch ruhiger, mit halb geschlossenem Mund und gespitzten Lippen wie für einen Kuss, offenen Händchen, auch es wurde ihr kurz an die Wange gelegt, und dann schnell unter das Plexiglas des Brutkastens, wie die Zwillingsschwester.

Grazia hat ein schlechtes Gewissen.

Sie hat so lange auf sie gewartet, sich so nach ihnen gesehnt, dass das Wort *endlich* doch nicht nur bedeuten kann, die Sache endlich hinter sich gebracht zu haben. Stimmt, das hat sie gedacht, doch es gefällt ihr nicht, sie hält es nicht für richtig, also öffnet sie

den Mund, löst die ausgetrockneten Lippen voneinander, und sagt: *Darf ich sie noch kurz halten?*
– Darf ich sie noch kurz halten?
Aber vielleicht hat sie das nur gedacht, weil sie es nicht fassen konnte, wie heftig ihr die Krankenschwester das Baby entrissen hat. Deren erschrockener Gesichtsausdruck macht ihr Angst.
Etwas stimmt nicht.
Grazia hebt den Kopf und versucht sich hochzustemmen, um über den grünen Vorhang zu blicken, der ihren Köper noch immer zweiteilt, doch sie sieht gerade noch die Krankenschwestern, die die Brutkästen mit den Babys im Laufschritt hinausschieben.
Etwas stimmt nicht.
Grazia versucht etwas zu sagen, sie möchte sich nach den Babys erkundigen, *geht es ihnen gut, geht es ihnen schlecht, was ist los,* sie möchte den Arzt rufen, der sie rasch zusammennäht, so schnell, dass es fast wehtut. Doch aufs Neue wird sie von etwas abgelenkt, sie hat etwas gesehen, das soeben aufgetaucht ist.
Ein Polizist in Uniform hält die Tür auf, damit die Krankenschwestern hinauslaufen können.
Und neben ihr steht noch ein Polizist. Er schiebt den Galgen mit den Infusionen, um mit dem Bett Schritt zu halten, auf dem sie so schnell hinaustransportiert wird, dass ihr schlecht wird. Grazia ist verwirrt, sie hat keine Ahnung, was vor sich geht. *Was ist los?*
– Was ist los?
Diesmal hat sie die Worte wirklich ausgesprochen, sie sogar geschrien, denn der Polizist mit den Infusionen dreht sich augenblicklich um.
– Wir bringen Sie in Sicherheit, Frau Kommissar. Der Leguan ist ausgebrochen.

Mein Problem sind die Finger.

Ich hatte nie einen festen Griff. Aber kein Wunder, in fünfunddreißig Jahren habe ich nie Sport gemacht oder sonst was, das man annähernd als körperliche Aktivität bezeichnen könnte. Nicht, weil ich blind bin. In der kurzen Zeit, in der ich unter Leute gegangen bin, habe ich Menschen kennengelernt, die wie ich von Geburt an blind waren und Baseball spielten. Mit den anderen Sinnen kann man alles machen, sogar einen Ball mit einem Glöckchen darin fangen und entlang einer gespannten Schnur von Base zu Base laufen. Vor allem mithilfe des Gehörsinns. Der definiert und modelliert die Welt genauso gut, wenn nicht gar besser als der Sehsinn. Die Ohren, sofern man sie zu gebrauchen versteht, sind genauso schnell und präzise wie die Augen, wenn nicht gar mehr.

Ich habe Reisen mithilfe des Gehörsinns unternommen. Und nicht nur mithilfe dessen, was Töne in mir hervorriefen. Musik zum Beispiel oder der Klang von Wörtern, die ich nicht kannte, die ich nicht kennen konnte, weil sie Farben bezeichneten. Wörtern wie *rot, grün* oder *blau* verlieh ich aufgrund des Geräuschs, das sie verursachten, ihres innewohnenden Klangs, einen Sinn und eine Form. Rot war etwas Großes. Grün brannte, und blau war Begeisterung.

Vor allem aber habe ich Reisen unternommen. Denn der Klang läuft, die Schallwellen verbreiten und entfernen sich mit großer Geschwindigkeit, und wenn man einen Scanner verwendet wie ich, der die Funkgeräte der Taxifahrer, den CB-Funk der Lkw-Fahrer, die Handys der Leute abhört, dann ist die Reichweite des Gehörsinns viel größer als die Reichweite eines eventuellen

Fernrohrs. Der Sehsinn, hat man mir gesagt, ist auf eine Richtung beschränkt. Der Gehörsinn ist eine Panoramasicht.

So habe ich es gemacht. Ich saß allein in meiner Mansarde. Ich legte eine Schallplatte auf, immer dieselbe, *Almost Blue,* in der melancholischen Version von Chet Baker, machte den Scanner an und reiste, flog mithilfe der Formen und der Farben der Klänge, die ich hörte, in eine große, eine sehr große Stadt. Ein psychedelisches Bologna, wie Grazia sagte, als ich ihr davon erzählte.

Jetzt reise ich nicht mehr.

Es ist viel passiert. Ich habe mich in eine blaue Stimme verliebt, ich habe ihr geholfen, eine Stimme zu jagen, die so grün war, dass sie sogar jetzt noch in meinem Kopf knurrt, eine Stimme, die ich nie vergessen konnte.

Die Stimme des Leguans.

An die Stimme Grazias hingegen erinnere ich mich kaum.

Das habe ich bewusst herbeigeführt, ich habe mich darum bemüht. Es sind zwar viele Dinge passiert, sie hat noch weitere Ungeheuer gejagt, okay, und wenn sie das tut, denkt sie an nichts anderes, okay, wir haben versucht, ein Kind zu bekommen, es hat jedoch nicht geklappt, auch okay, doch nicht deshalb ist es zu Ende gegangen.

Um die Wahrheit zu sagen, weiß ich nicht, warum es so gekommen ist. Wir haben immer mehr gestritten, wir hatten keinen Sex mehr, wir haben nicht mehr miteinander gesprochen, uns nicht mehr gespürt, und da haben wir uns getrennt.

Beide waren wir überzeugt, dass nichts mehr zu retten war, sowohl sie als auch ich, okay, ist gut.

Aber es war unerträglich für mich.

Deshalb lausche ich nicht mehr den Klängen.

Ich muss mich um meine Finger kümmern. Das Metallstück so fest umklammern, als wollte ich mit den Fingerspitzen die Handfläche berühren. Ich darf nicht darauf vergessen.

Langsam gleite ich mit der Schuhsohle über den Boden, bis ich zwischen Schienbein und Ferse die Hantelstange spüre. Dann mache ich einen halben Schritt rückwärts, mitunter auch einen kleineren, damit die Stange genau quer vor den Füßen liegt. Ich muss die Stellung der Beine nicht anpassen, sie sind ausreichend weit gespreizt. Ich habe das schon mindestens hundertmal gemacht.

Seit mehr als einem Jahr stemme ich Gewichte.

Ich besiege die Schwerkraft mithilfe von Muskelkraft, in totaler Stille. Die Biegung des Rückens, die Schultern, die aneinandergepressten Schulterblätter und die Stellung der Beine, die Atmung. Ich konzentriere mich auf die Intensität der Bewegung. Das Gewicht ist egal, es ist nur eine immer größer werdende Zahl, eine Grenze, die ich überschreiten muss, um zu einer anderen, noch volleren, noch intensiveren Bewegung zu gelangen.

Ich mache es nicht wegen der Fitness, das interessiert mich nicht, und auch nicht wegen der Schönheit. Ich weiß nicht, wie ich aussehe, und es ist mir auch egal, ich kann mich nicht sehen.

Doch ich spüre mich.

Die Muskelfasern unter der Haut kontrahieren und verkürzen sich unter der Last der überschweren Gewichte und der Wiederholungen, sie blähen sich in dem Augenblick auf, in dem sie stoßen und ziehen, sie explodieren aufgrund einer Kraft, die löst und hebt, versteifen sich schmerzhaft, und all das bereitet mir Vergnügen. Ich habe das Gefühl, dass es mich gibt. Aber nicht draußen, wo ich nicht mehr sein will.

Sondern im Inneren.

Ich habe den Gehörsinn, der für mich der längste, unbegrenzte Sinn ist, durch den kürzesten Sinn ersetzt. Den Tastsinn. Nichts durchdringt meine Haut. Die Grenzen meiner Welt sind die meines Körpers. Es existiert nur das, was ich unter meinen Fingern spüre, die festen Kurven, die sich mit der Bewegung verschieben, die Formen, die sich unter den Fingerspitzen verändern, auch die

Wärme, die mein Fleisch verzehrt, wenn ich nichts mache, und die mir hilft, zu spüren, dass ich da bin.

Unter der Haut, in der Haut. Ich lebe im Inneren. Wie die japanischen Jugendlichen, die ihre Zimmer nicht verlassen. Genau, ich bin ein Hikikomori.

Ein Körper-Hikikomori.

Ich beuge die Knie und die Hüften, bis ich mit den Hinterbacken beinahe den Boden berühre, und dabei halte ich den Rücken gerade, mit eingezogenen Schulterblättern, wie mich die freundliche Stimme des Viking anleitet, in dem Tutorial, das ich heruntergeladen habe.

Am Anfang war ich so übermotiviert, dass ich mir Schmerzen zugefügt habe. Schmerzen an den Schultern, an den Ellbogen. An den Lenden, unsinnige und falsche Übungen, zu schwere oder zu leichte Gewichte, ohne die richtigen Geräte. Da habe ich auf Amazon alles bestellt, was ich zu benötigen glaubte, und habe mir zu Hause einen Fitnessraum eingerichtet. Ich habe Listen, Programme und Kurse, biomechanische Anleitungen heruntergeladen, ich habe mich auf Prilepin-Tabellen verzettelt, fünf mal fünf, und ein modifiziertes Bill-Star-Training befolgt. Dann habe ich es sein lassen.

Das neurologische Geheimnis, aufgrund dessen das alles passiert, interessiert mich nicht. Ich will mir nicht einmal den Namen der Muskeln merken. Ich habe das gelernt, was ich brauche, und das mache ich, auf die Bewegung und die Hanteln und auf das konzentriert, was unter meiner Haut passiert.

In Stille.

Am Anfang summte die Stille in meinen Ohren, aber immer leiser, wie eine Mücke, die davonfliegt, bis sie nicht mehr zu hören ist. Es folgte ein flüssiges und kompaktes Schweigen. Ein Quecksilber-Schweigen.

Und so ist es mir gelungen, Grazias Stimme zu vergessen.

Die blaue Stimme.
Ich habe aufgehört zu lauschen.
Ich strecke die Arme aus, bis ich die metallene Stange spüre. Mit den Zeigefingern packe ich die Stange am Rande des gerillten Teils.
Ich muss mich auf meine Finger konzentrieren. Sie gut zusammendrücken, damit die Angst, den Griff zu verlieren, mich nicht ablenkt. Das Gewicht ist egal, es ist nur eine immer größer werdende Zahl, eine Grenze, die ich überschreiten muss. Ich muss mich auf die Bewegung konzentrieren. Tief einatmen, um die Wirbelsäule zu stärken. Mich fest mit den Beinen abstoßen, als wollte ich die Füße in den Boden pressen. Nach oben ziehen, ohne die gerade Linie des Rückens aufzugeben.
Genau in diesem Augenblick, in dem ich die Stange vom Boden löse, spüre ich sie.
Ich spüre sie mit der Haut. Die Angst überzieht meine Haut mit brennenden Schauern, die so dicht sind wie Knoten.
Irgendjemand ist in der Stille meines dunklen Zimmers.
Jemand.
Oder etwas.

Er hat bemerkt, dass ich da bin.
Er bewegt sich nicht, atmet nicht einmal.
Er spricht nicht.
Das letzte Geräusch, das ich gehört habe, war das Rascheln seiner Kleider, als er sich aufgerichtet hat.
Ich habe kein Geräusch gemacht. Das weiß ich. Ich habe die Kleider vor dem Zimmer abgelegt, ich habe die bloßen Hände und Füße auf den Boden gesetzt und habe mich lautlos genähert.
Er hat mich auf eine andere Weise wahrgenommen. Ich spüre, dass er Angst hat, ich rieche es mit meiner Mäusenase, die Angst ist so stark, dass ich flehme und sie zwischen die Zähne einsaugen könnte, doch ich will kein Geräusch verursachen, denn ich habe mich noch nicht entschieden.
Also denke ich nach.
Ich denke.

Ich denke.

Ich glaube, ich habe ein Geräusch gehört.

Als ob man feststellte, dass jemand schon seit geraumer Zeit spricht, man jedoch nicht verstanden hat, was er gesagt hat, weil man nicht zugehört hat.

Irgendwo, vergraben im Gedächtnis, ist da die Erinnerung an einen immer ferneren und undeutlicheren Klang, wie ein Traum nach dem Aufwachen.

Aber er war da, ich habe ihn gehört.

Da ist jemand bei mir.

Ich würde gern fragen, *ist da jemand*, doch ich schaffe es nicht, und nicht nur, weil meine Stimme infolge des tagelangen Schweigens heiser ist und meine Lippen versiegelt sind.

Mit einem Schlag sind alle Empfindungen von damals wieder da, der Geruch des Bluts meiner Mutter, die von diesem Ungeheuer umgebracht worden ist, seine heisere, grüne Stimme, die mir ins Ohr flüstert, die eiskalte Haut seiner nackten Schenkel, die mich umklammern, um mich festzuhalten, die Klinge, die die Luft vor meinem Gesicht durchschneidet, *Gott, dieser Schrei!*

ICH HABE ANGST.

Ich muss nicht fragen, ich weiß, wer hier bei mir ist, in der Stille meines dunklen Zimmers. Ich muss mich nicht einmal an das Geräusch erinnern, denn ich spüre es auf der Haut.

Ich weiß, es ist unmöglich, denn er ist in einem Irrenhaus eingesperrt, aus dem es kein Entrinnen gibt.

Doch er ist es.

Der Leguan.

Ich denke.

Ich dachte, er ist nicht die Person, die ich will.

Ich habe ein Messer mitgebracht, ein echtes, kein Plastikmesserchen wie das, mit dem ich dem Glatzkopf in der Badewanne die Gurgel durchgeschnitten habe.

Doch jetzt, wo ich ihn keuchen höre, wo ich seine Angst mit meinen Mausezähnen einsauge, stelle ich fest, dass ich überhaupt keine Lust habe, ihn umzubringen.

Ich bin nicht hinter ihm her.

Vor vielen Jahren hatte ich eine Maus namens Andrea. Eine weiße Maus aus dem Labor, in dem mein Vater arbeitete, er hatte sie mir zum Geburtstag geschenkt. Ich war damals fünf, glaube ich, ich erinnere mich nicht.

Ich machte ein Experiment mit Andrea. Ich öffnete ihren Käfig, stellte mich auf die andere Seite des Zimmers, rief sie und schlug mir dabei mit der Hand auf den Schenkel.

Andrea!

Sie kam augenblicklich gelaufen, stieg mir auf den Schuh, kroch in mein Hosenbein, kletterte über mein Bein, schlüpfte unter das T-Shirt und kam beim Halsausschnitt wieder raus. Diese Nummer, fast eine Zirkusnummer, wiederholten wir des Öfteren, mein Vater und meine Mutter lachten immer, auch ich lachte. Ich war glücklich. Ich liebte Andrea, meine weiße Maus.

Doch eines Tages biss sie mich, weil ich ihren Schwanz einklemmte, als ich sie zurück in den Käfig setzen wollte. Ich warf sie so heftig auf den Boden, dass ihr Blut aus dem aufgerissenen Maul trat. Dann zertrat ich sie mit dem Schuh.

Der Blinde hat mir jedoch nichts getan.

Und ich liebe ihn nicht.

Nein, nicht hinter ihm bin ich her.

Also setze ich Hände und Füße auf den Boden und ziehe mich geräuschlos zurück, im Rückwärtsgang.

Ich denke: *Ich bin eine Maus.*

Ich heiße Andrea und bin eine Maus.

Ansa.it.

Breaking News

Imola: Doppelmord in Wohnheim für ehemalige Psychiatriepatienten

Imola: Doppelmord, dritter Bewohner verschwunden

Imola: Dritter Bewohner hat in Vergangenheit mehrere Morde begangen

Imola: Fahndung nach Serienmörder Alessio Crotti, genannt der Leguan

Bologna 5

Roberto streckt den Arm aus und dreht sich auf der Suche nach der richtigen Einstellung um die eigene Achse. Das Licht ist okay, es ist noch nicht sehr dunkel und die Laterne auf dem Taxistandplatz auf der Piazza Re Enzo scheint extra dazustehen, um dem Bild Tiefenschärfe zu verleihen. Er streckt die Hand durchs offene Fenster und macht das Radio etwas lauter, gerade mal so viel, dass der fröhliche Elektro-Swing als Hintergrund dient, ohne seine Stimme zu übertönen. Er weiß, wie es funktioniert, er hat schon viele solcher Videos gemacht, in den Pausen zwischen den einzelnen Fahrten sagt er seine Meinung, erzählt, was ihm widerfahren ist, macht den Clown, wie er sagt, dann stellt er das Video auf Twitter.

Also macht er ein paar Schritte nach vor, damit die Notrufnummer der *Casa delle Donne*, die er auf den Kühler des Taxis gedruckt hat, deutlich zu sehen ist, positioniert seinen runden Kopf im Bildausschnitt und beginnt. Mit offenen Augen starrt er in die Handykamera, die Laterne wirft rötliche Reflexe auf seine Glatze, sein Mund inmitten des rötlichen Barts öffnet sich, und die Worte im Bologneser Dialekt sprudeln heraus. Hin und wieder ironisch, aber nicht immer, natürlich theatralisch, man hat ihm schon oft gesagt, er sollte Schauspieler werden.

– Das wird eine schreckliche Nacht, denn ich muss bis morgen früh mit einem kaputten Kartenlesegerät arbeiten … – er betont kaputt, hält das Gerät in die Kamera und dreht es vor seinem Gesicht, – bis gestern hatte ich ein altmodisches Lesegerät, doch dann holen mich die Bank und die Taxi-Zentrale zu sich, das alte wird nicht mehr aktualisiert, wir geben dir ein neues, guuut, – mit geschlossenem *uu*, – wir modernisieren uns, – mit stimmhaftem *s* wie in Bologna üblich, – sie werden mir ein Supermodell geben! – Er hält wieder das Gerät vors Gesicht. – Das ist ein Riesenbeschiss, – mit geschlossenen Vokalen. – Das ist eine Riesensauerei!, schreit er, dann mit Grabesstimme: – Es funktioniert nicht. Es hat zwei Tage funktioniert, heute Abend nach der ersten Transaktion hat es den Geist aufgegeben, es funktioniert nicht mehr! Abgekackt, tot! – Mit weinerlicher Stimme zieht er sogar die Augenwinkel nach unten. – Eine Riesensauerei, ich will das alte zurück, das hat funktioniert, jetzt muss ich die ganze Nacht arbeiten und kann keine Karten annehmen, das heißt … – er hört auf zu jammern, böser Blick, – jetzt blamiere ich mich auch noch, weil ich eine Ausrede finden muss, – er singt eine Art Litanei, – ich habe ein kaputtes Lesegerät … – dann brutal: – Es ist wirklich kaputt, eine Sauerei! Ich will mein altes zurück! – Schweigen, scheeler Blick. Grabesblick. – Das wird eine super Nacht.

Ein Kunde nähert sich. Roberto sieht ihn am Rande des Kamerabildes, er geht in Richtung Taxistand, wo nur sein Taxi steht, Roberto bricht die Aufnahme ab. Der andere ist noch unter den Arkaden des Modernissimo, Roberto hat genug Zeit, das Video auf Twitter zu stellen und die Maske aufzusetzen, bevor er sich ans Steuer setzt. Er sagt gleich zu ihm, *entschuldigen Sie, mein Lesegerät ist kaputt*, doch der andere hört ihm offenbar gar nicht zu, während er hinter dem Beifahrersitz Platz nimmt, flüstert er eine Adresse, so leise, dass Roberto ihn auffordert, sie zu wiederholen. *Wo ist das, hier in Bologna? Ach, in Imola? Nein, ist gut, kein Problem.*

Er macht den Taxameter an und fährt los. Er biegt nach rechts ab, in Richtung der beiden Türme, und wirft einen Blick in den Rückspiegel, auf den Mann auf der Rückbank. Er sieht ihn kaum, denn er trägt eine schwarze FFP2-Maske, die die Hälfte seines Gesichts bedeckt, doch er sieht seinen Kunden gerne ins Gesicht, er spricht auch gern mit ihnen, sogar viel, wenn es sein muss, manche gehen ihm auf die Eier, noch dazu in dieser Zeit, wo so viele ungeimpft herumlaufen, keine Maske tragen wollen, dies nicht und das nicht, doch es gibt auch viele Interessante und Exzentrische, vor allem nachts, und er hat meistens Nachtdienst.

Doch der da ist sonderbar, auch wenn er nicht sagen könnte, warum. Also betrachtet er ihn im Spiegel, und da dem anderen nicht das Licht des Handys ins Gesicht scheint und er auch mit nichts beschäftigt ist, will er ihm eine beliebige Frage stellen, bereit, gleich wieder abzulassen, sollte der andere einsilbig antworten, denn auf die Nerven will er nun auch niemandem gehen.

Doch er schafft es nicht.

Der Mann nimmt die Maske ab, als ob er tief einatmen wollte, und wendet den Kopf zur Seite. Dann setzt er sie wieder auf und schaut ins Leere.

Roberto schluckt und schweigt für den Rest der Fahrt, den Blick auf die Straße vor sich geheftet.

Wieder zurück am Taxistand in Bologna, macht er den Motor aus und wartet, ohne sich umzudrehen. Im Rückspiegel betrachtet er den Mann, der den Betrag auf den Cent genau abzählt. Er hatte sich in einer Gasse in der Gegend der Rocca di Imola absetzen lassen, hatte ihn gebeten, auf ihn zu warten, und war hinter einer Ecke verschwunden. Zum ersten Mal in seinem Leben hatte Roberto gehofft, es handle sich um eine Abzocke, der Mann würde nicht mehr auftauchen, und einen Augenblick lang hatte er sich überlegt, einfach abzuhauen, doch dann war er wieder aufgetaucht und hatte sich zurück nach Bologna bringen lassen.

Kaum ist er allein, kurbelt er das Fenster runter, denkt ein wenig nach und nimmt das Handy. Er achtet nicht auf den Bildausschnitt, es reicht ihm, dass er sich am Display sieht. Er überlegt noch kurz, dann drückt er auf den roten Aufnahmeknopf und beginnt.

– Ich habe den Teufel gesehen.

Doch das scheint sogar ihm übertrieben, obwohl er leise gesprochen hat, als würde er nachdenken, was er auch tatsächlich tut. Er würde gern einen anderen Ton anschlagen, doch er schafft es nicht, ironisch zu klingen, er klingt vielmehr überrascht, besorgt.

– Ich lasse also diesen Typ einsteigen, er ist groß, dünn, bleich, hat eine Halbglatze, trägt Sakko und Krawatte, sogar ein Gilet, obwohl es noch heiß ist, ich bin immerhin im T-Shirt … doch darum geht es nicht. Die auf die Nase gedrückte schwarze Maske … – er bewegt die Hand wie eine Klaue über das Kinn, als wolle er das Gesicht langziehen, – doch darum geht es auch nicht, mit der FFP2 schauen alle ein wenig aus wie Hannibal Lecter, das ist es auch nicht.

Er schüttelt den Kopf und streicht sich über die Glatze, dann kratzt er sich den Bart. Er schaut nach oben, aus dem Bildausschnitt hinaus.

– Irgendwann hat er den Kopf zur Seite gedreht, vielleicht war es eine Straßenlaterne, oder der Scheinwerfer eines anderen Autos, jedenfalls sind seine Augen weiß geworden. Weiß, ich meine … wie soll ich es beschreiben, es war nur einen Augenblick lang … wie bei einem Hai in einer Doku, wenn er zubeißt. Die Augen eines Irren. Die Augen eines Mörders.

Übertreibt er? Das fragt er sich, doch er hat es bereits gesagt, er kann sich nicht mehr darüber lustig machen, sosehr er auch will, außerdem spricht er zu sich selbst, da taucht plötzlich eine Erinnerung auf.

Das Elton-John-Konzert in Moskau, Anfang der Achtzigerjahre. Er hat ihn vor ein paar Tagen auf YouTube gesehen, zufällig, und er hat sich ihm eingeprägt, weil er ihn als Kind in einer Reportage im Fernsehen gesehen hatte.

Den Typ am Schlagzeug. Ray Cooper.
– Identisch. Allerdings trug er keine Brille, bloß ein Gilet. Guter Gott … plötzlich tritt er auf die Bühne, ein Scheinwerfer geht an, Nebel, er schlägt mit den Sticks auf die Becken, dann hört er auf, schaut mit diesen Augen zur Seite und lächelt … genau so … guter Gott. Ich habe viele sonderbare Typen gesehen, und nicht nur in der Nachtschicht, absurde Typen, Dealer, die was daherfaseln, Verrückte, puh, wahrscheinlich habe ich auch schon Mörder gefahren, keine Ahnung, doch der …

Er schüttelt den Kopf und blickt sich selbst in die Augen. Er führt Selbstgespräche, er müsste die Worte gar nicht aussprechen, doch so ist er nun mal, ein Schauspieler, und er muss die Dinge so äußern, dass sie gehört werden. Obwohl er so leise flüstert, dass die Videokamera sie fast nicht registriert.

– Heute Abend habe ich den Teufel gesehen.

Er berührt aufs Neue den roten Knopf und stoppt die Aufnahme. Jetzt, wo die Aufnahme fertig ist, kommt ihm das Ganze doch etwas übertrieben vor. Vielleicht liegt es an der Müdigkeit, am Hunger, an einer schaurigen alten Erinnerung. Ray Cooper … er trug gar keine Brille, nur ein Gilet. Soll das heißen, dass letzten Endes er der Spinner ist, wie immer?

Roberto zuckt mit den Achseln. Schüttelt den Kopf. Er klopft mit dem Daumen auf den Bildschirm und löscht das Video.

In Monteombraro war es bereits kalt. Grazia hatte umsonst versucht, die Heizung anzumachen, und die Zwillinge bis zu den Ohren zugedeckt, doch Ersilia, die untersetzte Polizistin, die Chefin der Eskorte, die man ihr zugeteilt hatte, die drei Kinder großgezogen hatte, hatte ihr gesagt, dass Babys sich im Schlaf bewegen und die Decken wegstrampeln, deshalb sollte man sie warm anziehen und nicht zu fest zudecken, und so kalt sei es nun auch wieder nicht.

Jetzt schliefen sie in der Mitte des großen Betts, das man mit einer Seite an die Wand geschoben hatte, während es auf der anderen Seite von den Rückenlehnen zweier Stühle begrenzt wurde, sie trugen die Strampelanzüge des Krankenhauses, denn auf dem Weg zu dieser kleinen Villa im Apennin hatte die Zeit nicht gereicht, zu Hause vorbeizufahren. Grazia hatte sie lange betrachtet, bevor sie beschlossen hatte, sie allein zu lassen. Dennoch hatte sie die Decken hochgezogen und sie unter den Kissen fixiert, die sie so hinter die Rücken der Babys gestopft hatte, dass sie, mit dem Gesicht einander zugewandt, seitlich schliefen.

Die Villa war gar nicht schlecht. Allein mitten im Wald, mit nur einer Zufahrtsstraße, einer mit einem Balken versperrten Schotterstraße, im oberen Stockwerk befand sich eine Art Arbeitszimmer mit einem großen Glasfenster, das den Blick aufs Tal freigab. Grazia hatte allerdings darauf bestanden, dass die Sitzung in der Küche stattfand, denn sie befand sich direkt neben dem Zimmer, in dem die Babys schliefen, genau hinter der halb offenen Tür. Was sie bald bereute.

Vicequestore Carlisi, der ihr Chef bei der Einsatzpolizei in Bologna gewesen war, bevor sie in Mutterschutz gegangen war, sprach laut, ließ es sich nicht nehmen zu rauchen, wenn auch auf dem Fensterbrett sitzend, von wo aus er allerdings noch lauter schrie.

An dem weißen Resopaltisch saßen zwei Unbekannte und warteten auf den Kaffee, den Ersilia im Espressokocher zubereitete.

Ein kleiner, glatzköpfiger Mann, der nervös hin und her rutschte, seine Wangen waren so rot, als hätte er Fieber. Persichetti, der Psychiater, der die Anstalt leitete, in der der Leguan untergebracht gewesen war. Die Art und Weise, wie Carlisi seinen Titel ausgesprochen hatte, *Dottore* Persichetti, mit gerolltem *r,* hatte ihm wohl die Röte ins Gesicht getrieben.

Die zweite Person war eine Frau, eine Rothaarige mit sehr kurzen Haaren, die der Vicequestore nicht hatte vorstellen können, weil sie sofort mit dem *Dottore* zu streiten begonnen hatte.

– Alessio Crotti hat eine ungewisse Anzahl von Personen umgebracht, wir haben nie herausgefunden, wie viele, aber viele, mindestens acht. Und nicht einfach umgebracht, sondern massakriert, mit unglaublicher Brutalität ...

– Ich weiß, *Dottoressa* ... Auch Persichetti betonte den Titel, mit lang gezogenem *t.*

– Eine Bestie, die bei jedem Mord eine andere Identität annahm, weshalb man ihn Leguan nannte, er veränderte die Hautfarbe ...

– Das weiß ich, *Dottoressa,* das weiß ich sehr gut, aber ...

– Und ihr entlasst ein derartiges Subjekt aus dem psychiatrischen Vollzug und steckt ihn in eine Wohngruppe? Alessio Crotti? Den Leguan, verdammt noch mal, den Leguan!

Grazia beobachtete die halb offene Tür. Sie wollte die beiden mit einer Geste auffordern, leiser zu sprechen, doch Persichetti sprach mit leisem Zischen, die Wut schnürte ihm den Hals zu.

– Seit fast zehn Jahren war der Patient stabil und unter Kontrolle. Er hat immer die verschriebenen Medikamente genommen und hat nie, ich wiederhole, nie, Anlass zu einer negativen Prognose gegeben ...

– Na so was, *Dottore,* ein vorbildlicher Patient.

– Ja, *Dottoressa!* Tatsächlich haben wir ihn für geeignet befunden, von einer Anstalt für geistig abnorme Rechtsbrecher in eine Institution überstellt zu werden, die seinen Fortschritten entsprach ...

– Gemeinsam mit zwei anderen Irren ...

– Gemeinsam mit zwei unabhängigen Insassen! – Persichettis Wangen glühten. – Euer Leguan ist außerdem blind, verdammt noch einmal, blind!

– Und außerdem ...

Persichetti hob den Zeigefinger und ließ ihn in der Luft kreisen, womit er sagen wollte, dass ihr Leguan auch klein und dünn war. Er wollte noch etwas hinzufügen, presste jedoch die Lippen aufeinander, denn Carlisi grinste hinterhältig, er wusste bereits, was die Dottoressa sagen würde.

– Sicher doch, ein vorbildlicher Patient, sediert und ruhig, der gerade mal fünfzig Kilo wiegt und außerdem blind ist. Egal, dass er ein Serienmörder ist und sich wie mit einem Radar bewegt, denn er ist geheilt! Aber dann, Überraschung!, bringt er seine Mitbewohner um, dem einen schneidet er mit einem Plastikmesser die Kehle durch, keine Ahnung, wie er das geschafft hat, und der Frau stülpt er eine Plastiktüte über den Kopf, wirft sie auf den Boden und erstickt sie. Und wahrscheinlich hätte er auch die Krankenschwester umgebracht, wenn er sie gefunden hätte oder wenn die Carabinieri ihm nicht dazwischengekommen wären. Genau, *Dottore,* ein vorbildlicher Patient. Sagen Sie ihr das, sie hat ihn ja festgenommen und dabei fast ins Gras gebissen!

Alle Blicke richteten sich auf Grazia. Sie saß etwas abseits vom Tisch, hatte die Beine hochgezogen, mit den Fersen am Rand des Stuhls, und einen Arm um die Knie geschlungen. Sie trug Flip-flops, weil ihre Füße noch zu geschwollen waren, um Schuhe zu tragen, und massierte sie mit der freien Hand.

– Haben Sie keine Schmerzen, wenn Sie so sitzen?, fragte die Rothaarige mit den kurzen Haaren. – Sie hatten doch gerade einen Kaiserschnitt.

Grazia schüttelte den Kopf, obwohl die andere offensichtlich recht hatte. Vielleicht hielt die Wirkung des Kreuzstichs noch an, denn körperlich fühlte sie sich sehr gut, bloß etwas müde. Doch sie war durcheinander, konnte sich nicht konzentrieren, obwohl sie angesichts der Ereignisse, die sie noch nicht zur Gänze einschätzen konnte, einen Haufen Fragen hätte stellen müssen, einen Haufen präziser Fragen.

Sie beschloss, bei der Frau anzufangen, die sie vom anderen Ende des Tischs aus beobachtete. Aufgrund der kurzen Haare und der Farbe, die vielleicht sogar echt war, war sie möglicherweise älter oder jünger, als sie aussah. Die hohen, glatten Backenknochen waren vielleicht operiert. Die Haut war vom Joggen im Freien gebräunt, und die Muskeln, die man unter dem Ausschnitt des Pullovers sah, waren vom Schwimmen und vom Pilates gut definiert. Zweifellos eine schöne Frau.

– Sind Sie die Staatsanwältin?, fragte Grazia.

– Nein, sagte Carlisi. – Wir haben keinen Staatsanwalt. Die Staatsanwaltschaft hat die Carabinieri mit der Untersuchung betraut. Der Staatsanwalt ist im Augenblick wohl bei ihnen.

– Ich heiße Anna Maria Cescòn, sagte die Frau. Sie hatte einen leichten venezianischen Akzent. – Ich gehöre zum UACV, der Einheit zur Aufklärung von Gewaltverbrechen. Ich habe hier das Kommando.

Der Vicequestore machte die Zigarette am Fensterbrett aus, ließ die Kippe inmitten eines schwarzen Kreises liegen. – Eigentlich hat diese Einheit vor allem Beratungskompetenzen ... – Er wirkte resigniert.

– Die Dinge haben sich geändert. Und vergessen wir nicht, dass niemand anderer als unsere Abteilung den Leguan gefasst hat, als Kommissarin Negro noch bei uns war. Oder irre ich mich?

Grazia schüttelte den Kopf. Sie irrte sich nicht.

Der Kaffee gurgelte im Espressokocher. Grazia verwechselte das Geräusch mit einem Wimmern der Zwillinge und stand auf. Ein leichter stechender Schmerz im Unterbauch erinnerte sie daran, dass die Frau vom UACV vielleicht doch recht hatte und sie sich lieber schonen sollte. Barfuß ging sie zur Tür und warf einen Blick auf die schlafenden Zwillinge, die mit geballten Fäusten und halb offenen Mündchen dalagen. Als sie sich wieder setzte, nahm sie dieselbe Haltung wie davor ein, mit angezogenen Knien, weil sie schon wieder darauf vergessen hatte.

– Ich hätte gern ein Gitterbett, sagte sie zu Ersilia, die ihr Kaffee eingoss. – Und außerdem brauche ich dringend ein Fläschchen, Sterilisierapparat ... Windeln.

– Wir verstecken hier für gewöhnlich Mafia-Kronzeugen, das ist ja kein Kindergarten ...

Grazia überging die Bemerkung und sah Ersilia an, die nickte, *ja, ich kümmere mich darum.*

Der Geruch des Kaffees verursachte ihr Übelkeit. Während der Schwangerschaft hatte sie nie Kaffee getrunken, obwohl von Kaffee nicht wie von so vielem anderen abgeraten worden war. Plötzlich stellte sie fest, dass Schinken ihr am meisten fehlte, allein beim Gedanken daran lief ihr das Wasser im Mund zusammen, sie musste schlucken. Anna Maria Cescòn hatte ihre Tasse bereits ausgetrunken.

– Wenn der Staatsanwalt uns nicht mit dem Fall betraut hat, warum seid ihr dann hier?, fragte Grazia. – Ich werde zu meinem Schutz hier versteckt, weil der Leguan sich rächen könnte, aber ihr? Warum seid ihr hier?

– Weil Iaccarone will, dass wir ihn schnappen, sagte Carlisi.
– Dem Polizeichef kann man schlecht absagen, oder? Die Carabinieri wurden nur deshalb betraut, weil die Nachbarn sie gerufen haben, nachdem sie die Schreie in der Anstalt gehört hatten.

– Was noch nie davor vorgekommen ist, sagte Persichetti, doch Carlisi ignorierte ihn.

– Doch der Leguan gehört uns. Der Chef hat Dottoressa Cescòn tatsächlich von einem anderen Fall in dieser Gegend abgezogen und sie geschickt, damit sie uns hilft.

Anna Maria warf dem Vicequestore einen Blick zu, der sich nach dem Kaffee eine neue Zigarette anzündete. Carlisi erwiderte den Blick mit einem schläfrigen Lächeln.

– Um dir zu helfen, sagte er mit Nachdruck, – du hast ihn ja schon einmal geschnappt und bist die Einzige, die es noch mal tun kann.

Grazia stellte fest, dass sich in Anna Marias Augenwinkel feine Falten gebildet hatten, als sie die Augen halb schloss und die Lippen zusammenpresste, vielleicht war sie doch älter, als sie aussah.

– Ist gut, sagte sie, zu ihr und zu Carlisi gewandt. – Erzählt mir alles und gebt mir alles, was ihr habt. Ich möchte mit dem Mädchen sprechen, der Krankenschwester. Sie hat die Personen in der Wohnung betreut, in der der Leguan lebte, oder? Sie sollte ihn am besten kennen.

Persichetti sagte nichts, kniff nicht einmal die Lippen zusammen. Er zuckte mit den Schultern und drehte und wendete die Kaffeetasse in seinen Händen. Er hatte den Kaffee nicht getrunken. Carlisi nickte.

– Die Carabinieri verhören sie, werden sie jedoch bald in Ruhe lassen. Sie werden die Gegend absuchen. Sie denken, es kann nicht schwierig sein, einen Blinden zu finden, der blutüberströmt, ohne Geld und ohne Dokumente herumläuft.

Grazia zog an den großen Zehen und dachte, dass ihr Leguan mittlerweile ein anderer geworden war und man ihn nicht so leicht fassen würde. Sie unterdrückte einen Schauer und ignorierte einen weiteren Stich im Unterbauch, als sie aufstand, sie verspürte den heftigen Wunsch, zu ihren Babys im Nebenraum zurückzugehen.

– Wo habt ihr Simone untergebracht?, fragte sie, und Carlisis Gesicht erstarrte.

– Verdammt, Dottore! Habt ihr Simone vergessen?

– Signor Martini? Simone Martini? Wir sind von der Polizei, machen Sie bitte auf, es ist dringend … oder kommen Sie herunter, wenn es Ihnen lieber ist …

– Signor Martini, lassen Sie uns bitte hinaufkommen … Sovrintendente Mattei und Agente Petrulli, wir müssen Sie wegbringen, aber schnell … nein, Sie müssen nichts mitnehmen, darum kümmern wir uns … aber machen Sie bitte auf, Signor Martini, wir müssen Sie sofort wegbringen!

Nein, hatte Ersilia gesagt, *das geht nicht,* und da Carlisi darauf bestand, hatten sie den Leiter der für den Personenschutz zuständigen Abteilung in Bologna angerufen, und der hatte bestätigt: *Nein.*

Da alles so schnell gegangen war und man nicht genau wusste, wer für Grazias Schutz zuständig war, hatten sie sich sogar beim zentralen Personenschutz und beim Sicherheitsdienst erkundigt, doch auch dort lautete die Antwort: *Nein.*

Es sei nicht möglich, die Krankenschwester in die Villa zu bringen, denn deren Standort müsse geheim bleiben. Wenn Grazia die einzige Überlebende befragen wolle, müsse sie mit Ersilia und einem Polizisten in das gepanzerte Auto steigen, das man ihr zugewiesen hatte, und von Monteombraro zum Präsidium hinunterfahren, in ein Büro der Einsatzpolizei.

Nein, hatte Grazia gesagt, *das geht nicht.* Denn Carlisi meinte natürlich, dass sie, sie allein, im Auto nach Bologna hinunterfuhr, aber Grazia wollte die Zwillinge nicht allein lassen, nicht einmal einen Augenblick. Vielleicht ginge es ihnen in der Villa tatsächlich besser, vielleicht hatten sie dort mehr Ruhe, sie wurden von zwei Polizisten und auch Ersilia bewacht, die bereits drei Kinder hatte, ja, das wisse sie, und vielleicht sei das nur eine Laune von ihr, die augenblickliche Anspannung, so eine postnatale Sache, ein Frauendings, ja, sicher, aber nein, sie ließe die Babys nicht allein, nicht einmal einen Augenblick.

Sie hatte die Stimme nicht erhoben, sie war etwas benommen von den Schmerzmitteln, die sie während der Nacht genommen hatte, denn sobald die Wirkung des Kreuzstichs nachgelassen hatte, hatte die Wunde sich zurückgemeldet und unerträglich zu schmerzen begonnen. Doch obwohl sie so benebelt und schlaftrunken war, hatte sie sich durchgesetzt.

Da hatte sie den Babykorb, den man ihr von zu Hause gebracht hatte, in das gepanzerte Auto gestellt, mit den Zwillingen, dem Fläschchen, der Milchpumpe und ein paar Windeln darin, Grazia hatte hinten mit Ersilia Platz genommen, und die zwei Polizisten vorne. Der Vicequestore hatte ihr sein Büro angeboten, doch Grazia war eines der Verhörzimmer lieber, da konnte sie ihn dann leichter wegschicken. Carlisi redete ja ohne Unterlass, und sie wollte der Krankenschwester Fragen stellen, ohne unterbrochen zu werden. In der Nacht, in der sie wegen des schmerzenden Unterbauchs nicht hatte schlafen können, hatte sie viel nachgedacht und ein paar Ideen gehabt. Außerdem hätte Carlisi in seinem Büro wohl auch nicht auf das Rauchen verzichten können.

Cescòn fernzuhalten war allerdings nicht schwierig gewesen. Der Vicequestore hatte sie gar nicht über das Treffen informiert.

Grazia stellte den Korb auf den Boden, holte das Aufnahmegerät aus der Jackentasche, das sie sich von ihren Kollegen ausgeborgt hatte, und legte es neben dem Blister mit den Schmerzmitteln auf den Tisch. Sie wollte sich keine Notizen machen, außerdem gab es eine Videokamera, die ihr Gespräch aufnahm, es war ja nicht mehr als ein Gespräch, nicht einmal eine Zeugenaussage, denn die hatte Marta bereits bei den Carabinieri gemacht. Ein Plauderstündchen. Mit ein paar Fragen zu ihren Ideen.

Sie wusste, die Krankenschwester würde sich etwas verspäten, also holte sie die Milchpumpe aus der Tasche. Sie hatte nicht viel Milch, verfütterte hauptsächlich Milchpulver, doch hin und wieder wurde ihre Brust schwer und sie pumpte etwas Milch ab. Die Zwillinge hatten vor der Abfahrt getrunken, jetzt schliefen sie tief und fest. Sie hatten während der ganzen Nacht tief geschlafen, sie musste sie zum Füttern aufwecken, sonst hätten sie durchgeschlafen. *So ein Glück,* sagte Ersilia, *hoffentlich bleibt das so.*

Grazia öffnete die obersten Knöpfe der Bluse, dann fiel ihr die Videokamera an der Wand ein, sie stieg auf einen Stuhl und zog den Stecker aus der Dose. Sie würde sie nachher wieder anmachen, Carlisi wollte das Verhör am Monitor in seinem Büro verfolgen, doch ihre Brüste musste er nicht unbedingt sehen.

Sie legte den Saugnapf an die Brust, und während sie auf den Knopf drückte, betrachtete sie die Babys im Korb. Sie dachte, dass sie nicht viel anders aussahen als auf den Ultraschallbildern, dieselben unergründlichen kleinen Gesichter, die geballten Fäuste wie die von Boxern, zusammengekauert, kleiner und unvollständiger, doch nach wie vor wie auf den Bildern. Auch in der Nacht hatte sie dieselbe Empfindung gehabt, während sie sie im Arm hielt und sie betrachtete, neben ihnen liegend, während die Schmerzmittel allmählich wirkten, und auch jetzt schämte sie sich für diesen Gedanken, er erschien ihr zu kalt, zu distanziert für eine Mutter, die gerade entbunden hatte.

Wie immer biss sie sich beim Nachdenken auf die Innenseite der Wange, sie bemühte sich, sie sich vorzustellen, wenn sie größer waren, mit runden Backen, wie die ihren, vollen Lippen, weiblichen Formen, schwarzen Augen – *mediterran,* sagte man zu ihr, *südländisch,* antwortete sie – und sogar schwarzen, schulterlangen Haaren, eine kleine, verdoppelte Grazia. Doch auch das genügte ihr nicht.

Offenbar war schon einige Zeit vergangen, als ihr auffiel, dass sie da war. Marta stand auf der Schwelle und betrachtete sie, und Grazia sprang so heftig auf, dass der Saugnapf verrutschte.

– Um Himmels willen. Sie haben mich erschreckt. Entschuldigen Sie, ich hatte nicht bemerkt … Stört es Sie?

Grazia legte den Saugnapf wieder an die Brust, es funktionierte gerade so gut und sie wollte sich die Gelegenheit nicht entgehen lassen. Marta schüttelte wortlos den Kopf. Sie blickte sie unter der Maske an, die Arme hingen seitlich am Körper herab, weißes T-Shirt, knielange Jeans und rote Crocs, sie stand etwas vornübergebeugt und wirkte dadurch noch kleiner, wie ein Kind, deshalb fand Grazia nichts dabei, sie zu duzen.

– Von mir aus kannst du sie auch abnehmen, ich bin geimpft und wir halten Abstand … – doch Marta schüttelte wieder wortlos den Kopf. Grazia hätte ihr gerne ins Gesicht geschaut, ihren Ausdruck beobachtet, während sie ihr die Fragen stellte, die ihr eingefallen waren, und es ihrem Instinkt überlassen, sie zu interpretieren, doch fürs Erste musste sie sich mit den aufgerissenen Augen über dem Rand der Maske begnügen, die sie auf eine Weise anstarrten, die ihr allmählich Unbehagen verursachte.

– Bitte, sagte Grazia und zeigte mit dem Kinn auf einen Stuhl vor dem Tisch.

Marta nahm Platz. Sie strich schnell mit den Handflächen über die Haarstoppeln, dann legte sie die Hände auf die Knie. Jetzt betrachtete sie den Korb.

– Sie sind erst zwei Tage alt, sagte Grazia. – Hast du Kinder?

Sie antwortete nicht. Grazia hatte den Eindruck, dass ihre Augen noch größer geworden waren und etwas im Augenwinkel glänzte, über dem Rand des grünen Stoffs der OP-Maske.

– Entschuldige, sagte Grazia, – ich wollte dir nicht zu nahe treten … verdammt, entschuldige, ich wollte nicht …

Marta berührte die Maske und fädelte die Hand zwischen den Gummibändern ein, sodass sie auf das Handgelenk rutschte. Mit dem Handrücken wischte sie sich die Tränen von den Wangen und schüttelte wieder den Kopf, denn Grazia hatte sie aufs Neue gefragt: *Soll ich dir was bringen lassen, eine Flasche Wasser vielleicht?*

– Nein, mir geht es gut. Danke.

Zum ersten Mal hörte sie sie sprechen. Sie hatte eine freundliche Stimme, fast eine Kinderstimme, mit einem leichten mittelitalienischen Akzent. Grazia wusste, dass sie aus Umbrien stammte, denn sie hatte ihre Dokumente gelesen, Marta Leosetti, Krankenpflegehelferin. Grazia nahm den Saugnapf ab und schloss die

Bluse. Bedauernd betrachtete sie den trüben Milchfilm auf dem Silikonnapf, sie hätte auch noch gern die zweite Brust angelegt, doch das war nicht der richtige Augenblick. Sie machte das Aufnahmegerät an.

– Ich weiß, du hast alles bereits den Carabinieri gesagt, doch ich würde es auch gern von dir hören. Gestern in der Früh bist du in die Anstalt gegangen …

Marta nickte.

– Wie gewohnt …

Marta nickte wieder.

– Entschuldige, aber wenn du nicht sprichst, wird auch nichts aufgenommen.

– Ja.

– Gehst du oft hin?

– Zweimal die Woche. Manchmal dreimal.

– Auch sonntags?

– Hin und wieder.

– Um was zu machen?

– Ich überprüfe, ob sie ihre Medikamente nehmen. Ob Paolone und Lorenza das Richtige eingekauft haben, denn hin und wieder irren sie sich.

Paolo Marcoldi und Lorenza Belvedere. Der mit der durchschnittenen Kehle und die mit der Tüte über dem Kopf. Beide in der Badewanne.

– Und der Leguan? – Marta runzelte die Stirn und Grazia korrigierte sich. – Alessio Crotti.

– Alessio geht nie aus.

Außer diesmal, dachte Grazia.

– Ich meinte, wie war der Leguan … also Alessio, in den letzten Tagen? Ich glaube, ich kenne ihn sehr gut, wie auch sein Arzt, doch du … Wie lange machst du das schon?

– Seit einem Jahr.

– Nun, dann kennst auch du ihn gut … Wie kam er dir vor? Ruhig? Aufgewühlt?
Marta zuckte mit den Schultern. Dann erinnerte sie sich an die Aufnahme.
– Die Bauarbeiten haben ihn gestört.
– Die Arbeiten?
– Die im Apartment daneben. Da waren Arbeiter.
Grazia biss sich wieder auf die Innenseite der Wange, sie drückte sogar mit dem Finger auf die Außenseite der Wange, um besser zubeißen zu können, wie immer, wenn sie in Gedanken aufging. Plötzlich fiel ihr was ein, doch sie zwang sich, den Gedanken für später aufzuheben. Fürs Erste wollte sie sie was anderes fragen.
– Sprechen wir noch mal über diesen Morgen. Als du gekommen bist, war die Tür offen.
– Ja.
– Ist dir das nicht seltsam erschienen?
– Nein.
– Ich bitte dich, Marta … sei ein bisschen gesprächiger. Warum ist es dir nicht seltsam erschienen?
– Weil es immer wieder mal vorkam. Paolone und Lorenza waren etwas zerstreut.
– Also bist du hineingegangen und hast niemanden angetroffen, richtig? Dann bist du ins Bad gegangen und hast sie gesehen.
Marta strich sich mit einer Hand über den Kopf und klopfte sich mit den Fingerspitzen auf die Schläfe. Grazia hatte den Eindruck, sie wolle einen Gedanken vertreiben. Sie nickte.
– Ja.
– Dann bist du davongelaufen und hast dich unter der Spüle versteckt. Warum?
Sie strich sich mehrmals über den Kopf, schneller.
– Angst.

– Angst vor wem? Vor dem Leguan ... Alessio?
– Angst.
– *Passt,* dachte Grazia. Der Schock spielt einem hässliche Streiche.
– Hast du den Leg... Alessio hinauslaufen sehen?
– Nein.
– Und du bist unter der Spüle geblieben, bis die Carabinieri dich gefunden haben?
– Ja.
– Und während sie das Haus durchsucht haben und die Ambulanz kam, bist auch du gegangen, sie haben dich ja erst später bei dir zu Hause wiedergefunden. Warum?
– Angst.
– *Passt,* dachte Grazia, alles passte zusammen, auch das Klopfen auf die Schläfe, der Schock setzt einem zu, und das viele Blut ist sogar einer ausgebildeten Krankenschwester zu viel.
Aber. Aber. Aber.
Eines der beiden Babys machte ein Geräusch, eine Mischung aus Wimmern und Husten.
Nicht jetzt, dachte Grazia, bitte nicht jetzt.
– Weißt du, wer Alessio Crotti alias der Leguan ist?
Kopfnicken. *Ja.*
– Und wusstest du das auch davor? ... Hat man dich informiert, als du dort zu arbeiten begonnen hast?
Mehrmaliges Kopfnicken. *Ja, ja.*
– Hattest du keine Angst?
Marta hob eine Hand, um sich über den Kopf zu streichen, doch diesmal hielt sie mittendrin inne. Sie zuckte mit den Schultern.
– Nein.
– Warum nicht?
– Weil er nett war.

Nett? Der Leguan?

Ein Baby begann zu weinen. Grazia hätte es am liebsten weinen lassen, denn sie dachte an vieles zugleich, sie wollte sagen, *Der Leguan war nett?* Doch sie fürchtete, das Weinen würde auch das andere aufwecken, und dann würde das totale Chaos ausbrechen. Sie nahm das Baby aus dem Korb, holte eine Brust heraus, doch vielleicht war es die falsche oder sie hatte deren Fähigkeit, Milch zu produzieren, überschätzt, jedenfalls wollte das Baby nichts davon wissen und fuhr fort zu heulen, immer lauter.

– Der Leguan war nett?, fragte Grazia ungläubig, während sie versuchte, den Saugnapf abzuschrauben und ihn zu einem Sauger umzufunktionieren. Das Baby brüllte mittlerweile mit geballten Fäusten und zusammengekniffenem Gesicht.

Da stützte Marta die Hände auf die Knie, beugte sich nach vorne und begann zu singen.

Leise, mit einer künstlich hohen und geschmeidigen Stimme, damit sie wie die eines Kindes klang. Zuerst stieß sie nur einzelne Silben aus, eine Litanei in einer unverständlichen Sprache.

Oku o tsuretette hita mi kondeshimau mae ni.

Das Baby hörte auf zu brüllen, Grazia hatte Zeit, den Sauger auf das Fläschchen zu stülpen, und als sie damit über seinen Mund strich, schnappte es ihn mit den Lippen. Mit geschlossenen Augen begann es langsam zu saugen, als ob es schon wieder eingeschlafen wäre.

Marta sah es an, dann sah sie Grazia an und lächelte, während die Tränen über ihre Wangen liefen.

Bring mich weg, bevor ich ertrinke, bring mich irgendwohin, bevor ich ertrinke.

– Wen habt ihr auf sie angesetzt?

Als sie zum Fenster ging, sah sie gerade noch, wie sie die Piazza Galileo überquerte und hinter der Ecke des Palazzo Comunale verschwand. Sie hatte sich wieder die Maske aufgesetzt und ging schnell, hielt Abstand zu den Menschen.

– Cantarini ist ein Neuer, sagte Carlisi, – du kennst ihn noch nicht, er ist gut.

Das war der Kollege, der Marta aus einigen Schritten Entfernung folgte, ein anderer stand auf dem Gehsteig gegenüber.

– Und bei ihr zu Hause?

– Drei. Seit gestern Abend.

Carlisi zündete sich eine Zigarette an und Grazia ließ ihn gewähren, die Babys waren ohnehin bei Ersilia im Nebenzimmer. Im Zimmer des Vicequestore stand ein gepolstertes Ledersofa mit runder Armlehne, auf die Grazia den Kopf legte. Sie streckte auch die Beine aus, denn die Wunde begann wieder zu schmerzen.

– Nun, ich will nicht sagen, dass ich mir davor sicher war, denn in der Straße vor der Anstalt sind keine Videokameras, und wir wissen nichts über das, was draußen passiert ist, doch ich hielt es für ziemlich wahrscheinlich, dass die Krankenschwester Marta Leosetti dem Leguan bei der Flucht geholfen hat.

– Und warum hast du deine Meinung geändert?

Grazia strich sich über den Bauch unter der Bluse. Sie wollte nicht noch ein Schmerzmittel nehmen, doch die Wunde brannte, es war erträglich, aber ziemlich lästig.

– Ich habe nicht wirklich die Meinung geändert. Doch ich habe zwei Ideen. Die eine habe ich schon seit einer Weile, sie ist die Schwachstelle meiner Theorie. Als der Leguan ausbricht, explodiert seine Gewalt. So einer denkt nicht, ich habe viele solche gesehen, du auch … nein, er ist ein Tier, das losschnellt.

– Er hat seinen Mitbewohner mit einem Plastikmesser umgebracht, einem gezähnten Messer, wie man es bei der *Festa dell'Unità* austeilt. Er hat so heftig und so oft zugestochen, dass er durch die Haut hindurch die Halsschlagader getroffen hat.

– Für einen wie ihn ist das sogar wenig, offenbar war er aus der Übung. Wenn das Mädchen da gewesen wäre, hätte er vielleicht auch sie umgebracht.

– Vielleicht brauchte er sie noch.

– Damit sie ihn mit nach Hause nimmt? Dann hätte er sie dort umgebracht. Der Leguan verändert die Hautfarbe und klaut die Identität der anderen, er knüpft keine Beziehungen. Doch alles ist möglich, vielleicht irre ich mich. Oder vielleicht ist es ihr gelungen, sich unter der Spüle zu verstecken, bevor er sie in die Finger bekam, und die Carabinieri haben sie gerettet.

– Und die zweite Idee?

Grazia betrachtete das Aufnahmegerät auf Carlisis Schreibtisch, es fiel ihr ein, dass Carlisi die Aufnahme noch nicht gehört hatte.

– Sie sagte, der Leguan sei nett gewesen. Ja, ich weiß, es war ein Fehler von mir, die Videokamera nicht wieder anzumachen, du hast mir schon eine Predigt gehalten. Ich habe aber alles aufgenommen und du kannst ihre Stimme hören.

– Gut, aber weiter? Er hat sie verarscht, wie auch den Psychiater, diesen Trottel.

– Darum geht es nicht. Es ist, wie sie gesagt hat.

Grazia dachte an Martas dünne Stimme, an die spontane, selbstverständliche Art, die Mitleid erregte. *Weil er nett war.* Dieselbe Stimme, mit der sie dem brüllenden Baby vorgesungen hatte. *Lost umbrella*, hatte sie zu ihr gesagt, irgendein Kaai. Was Japanisches.

– Keine Ahnung ... so ein Detail würde man besser verschweigen, oder? Es verrät eine Nähe, die ein Motiv sein könnte, wenn sie etwas verbergen wollte, würde sie es nicht sagen, oder? Keine Ahnung. Vielleicht ist es aber auch nur eine Spinnerei, dass sie Manga-Songs singt, vielleicht ist sie verrückt wie alle, die sich um Verrückte kümmern. Vielleicht war es Zufall, dass sie genau zwischen dem Massaker und der Ankunft der Carabinieri Schicht hatte.

– Auf jeden Fall steht sie unter Beobachtung. Wenn es auch nur einen winzigen Verdacht gibt, dringen wir in ihre Wohnung ein, und mit etwas Glück nehmen wir dort sogar den Leguan fest.

Doch Grazia war noch nicht fertig. Sie hatte noch etwas auf Lager.

– Das Mädchen hat mir gesagt, im Nachbarhaus waren Bauarbeiten im Gange.

– Keine Ahnung, ich erkundige mich. Doch nicht an diesem Tag, es war Sonntag.

– Ist nicht wichtig. – Grazia setzte sich auf, sie war so in Gedanken versunken, dass sie den Schmerz vergaß. – Alessio Crotti hatte von klein auf akustische Halluzinationen. Er hörte Glocken, *die Glocken der Hölle*, wie er sagte. Um sie zu übertönen, trug er immer Kopfhörer und hörte mit maximaler Lautstärke Musik.

– Ich weiß, ich habe die Akte x-mal gelesen.

Nein, sie hatte den Schmerz nicht vergessen, sie ignorierte ihn nur.

– Vielleicht haben die Arbeiten bei ihm etwas getriggert. Irgendwas, das Geräusch des Schlagbohrers, keine Ahnung. Alessio wird wieder zum Leguan und explodiert. Ich habe das Mädchen gefragt, ob im Heim Kopfhörer waren, irgendein Gerät, um Musik zu hören, und sie sagte, Paolone habe mit einem gelben Kopfhörer Musik gehört, mit so einem, der eine Antenne hat, und falls der nicht mehr da sein sollte ...

– Ich erkundige mich, sagte Carlisi. Seine Augen glänzten.

– Das wäre hilfreich … ja, sehr hilfreich. Verdammt, und wie hilfreich es wäre! Wir suchen einen Blinden mit zirka fünfzig Kilo, der gelbe Kopfhörer trägt. Ein derartiges Detail für die Fahndung bringt uns auch beim Staatsanwalt wieder ins Spiel … den Carabinieri zum Trotz! Bravo, Grazia, bravo!

Auch er hatte sich ablenken lassen, denn er stellte erst jetzt fest, dass das Handy auf dem Schreibtisch vibrierte. Er warf einen Blick auf das Display und fluchte.

– Cescòn, diese Nervensäge … jetzt reißt sie mir den Arsch auf, weil ich sie nicht zu dem Verhör eingeladen habe.

Grazia hörte ihm nicht mehr zu. Sie beugte sich vor, während sie den Blister aus der Jackentasche holte. Sie drückte die letzte Tablette heraus und schluckte sie, verschlang sie mit geschlossenen Augen.

– Guten Tag, Dottoressa, setzte Carlisi an, verstummte jedoch augenblicklich. Das Schweigen war so tief, dass es Grazias Aufmerksamkeit auf sich zog, als ob er sie gerufen hätte. Dann sagte er, *wir kommen sofort.*

– Was ist?, fragte Grazia.

– Dein Simone …

– Ist ihm was passiert?

– Nein, beruhige dich … es geht ihm gut, sie haben auch ihn in die Villa gebracht. Verdammt, Grazia, er sagt, er habe den Leguan getroffen!

Ich denke nach.
　Ich habe nachgedacht.

Ich habe nachgedacht.
Jetzt weiß ich, was ich suche.
Jetzt weiß ich, was ich will.
Ich will dich lieben.
Dich zu lieben tröstet mich, es leert mein Inneres, etwas Ähnliches, ich lache, obwohl ich weine.
An dich zu denken tut mir weh, so etwas habe ich noch nie erlebt. Die Freude erstickt mich, kratzt mir im Hals, brennt in der Nase und macht mich atemlos, wenn ich die Luft zwischen meinen Mausezähnen einsauge. Ein absolutes Glück kneift mich im Inneren des Bauches, füllt mein Hirn mit Schaudern, lässt meine Zunge sich einrollen, während die Sinne mich überwältigen, die sich dunkel und verzerrt auflösen, als wäre ich kurz davor, in Ohnmacht zu fallen. Es macht mir Angst, dich zu lieben, du ahnst gar nicht, wie sehr.
Dich zu lieben erschöpft mich, macht mich traurig, so ist nun mal das Leben, das ist mein Leben.
Davor wusste ich es nicht. Ich wusste es nicht. Ich möchte dich auf immer und ewig ansehen, doch ich kann nicht, ich möchte dich in meinem Mund behalten, ich möchte dich mit den Händen halten, bis ich dich zwischen den Fingern zerquetsche. Davor wusste ich es nicht, ich wusste es nicht, jetzt weiß ich es.
Jetzt weiß ich, was ich will.
Dich zu lieben tröstet mich, macht mich fröhlich, so ist nun mal das Leben, das ist mein Leben.
Wie viel Zeit haben wir verloren.
Ich wusste es nicht, doch jetzt weiß ich es.
Liebe mich. Liebe mich. Liebe mich.

Liebe mich noch immer, zärtlich, ein Jahr, einen Monat, eine Stunde, maßlos.

Aber ich reiße die Augen in der Dunkelheit auf, ich beiße die Zähne zusammen, drücke mir die Kopfhörer auf die Ohren, fest, mit offenen Handflächen drücke ich sie auf die Ohren, als ob ich sie hineinpressen wollte.

Die Stimme eines singenden Mannes.

Zuerst war es eine leise Stimme, die sanft zu Gitarren und Mandolinen sang, schon gut, ich weiß ja, dass Liebe wehtut, ich weiß, dass Liebe Tod bedeutet, aber jetzt schreit er, *maßlos, maßlos, maßlos,* der Schrei tritt aus einem aufgerissenen Mund, es ist der Schrei von jemandem, der bittet, der fleht, von einem, dem es schlecht geht, und ich weiß es, ich weiß, ich weiß, dass es wehtut, sehr sogar, doch es ist keine Bitte, ich begehre es nicht, ich WILL ES, WILL ES, WILL ES.

Liebe mich! Liebe mich! Liebe mich!

Und da reiße ich mir die Kopfhörer vom Kopf, breche die Antenne ab, indem ich sie hin und her biege, zerbreche sie und werfe sie auf den Boden, bis sie nur noch ein Knäuel aus Kabeln und gelbem Plastik ist.

Liebe mich.

Liebe mich.

LIEBE MICH.

Maßlos.

Sobald Grazia mich sieht, sagt sie, *um Himmels willen, Simò, was hast du angestellt? Du siehst aus wie der Schwarzenegger der Blinden!*, und ich muss lachen.

Ich antworte, *wir haben uns ja eine Zeit lang nicht gesehen,* und sie: *Ich sehe dich, Simò, du hörst mich.* Auch das sagt sie, um mir eine Freude zu machen, denn das haben wir immer zueinander gesagt, doch jetzt stimmt es mich traurig. Ich wollte sie nicht hören.

Davor war ich allein in diesem Zimmer, ich saß auf einem Samtsofa, das meine Beine wärmte, zusammengekauert, ich umarmte mich selbst, ich beugte mich über die Knie, eingerollt wie ein Ball. Ich bin es nicht mehr gewohnt, mich an einem unbekannten Ort zu bewegen, ich habe mir das Schienbein an einer bodennahen Kante gestoßen, wahrscheinlich einem Tisch, bevor ich etwas Weiches fand, wahrscheinlich ein Kissen, auf das ich mich setzen konnte. So bin ich eine Zeit lang sitzen geblieben, ein unbeweglicher Punkt irgendwo in der Welt, doch als ich bemerkt habe, dass sie kommen, bin ich aufgestanden, denn ich kam mir lächerlich vor.

Die Dottoressa, die mich in Empfang genommen hatte, ist gekommen, nachdem die Polizisten mich hierhergebracht hatten. Sie roch streng nach Schweiß und Deo, drückte mir mit einer nervösen Energie die Hand, so fest, dass es fast wehtat. Und stellte sich mit einem Namen und einem Titel vor, die ich mir nicht gemerkt habe. Ich habe es auch verlernt, mich an die Worte der Leute zu erinnern.

Außerdem ist Grazias Chef da, seinen Namen kannte ich, habe jedoch auch ihn vergessen, allerdings habe ich sofort den Geruch nach ausgedrückten Zigaretten und seinen rauen Atem erkannt, er hat zwar nichts gesagt, doch das Schnaufen aus Nase und Hals ist fast wie eine Stimme.

Gestern Abend haben mich zwei Polizisten von zu Hause abgeholt. Sie haben mich an einen Ort gebracht, wo ich die Nacht verbringen sollte, und heute Morgen, als ich ihnen vom Leguan erzählte, haben sie mich hierhergebracht. Vor Kurzem waren sie noch da, vielleicht sind sie inzwischen gegangen, keine Ahnung. Die Geräusche vermischen sich.

Auch sie ist da. Grazia.

Viele Menschen, zu viele für mich. Zu viele Reize, zu viele Sinne, die wieder aktiv werden, zu viele Dinge, die auf mich einstürmen. Ich bin nicht mehr daran gewöhnt. Da stecke ich die Hand in den Ausschnitt des T-Shirts, lege sie schützend auf die Schulter und bewege kreisförmig den Ellbogen, langsam, um den Muskel zu spüren, der sich fest unter der Haut bewegt. Dorthin möchte ich zurückkehren, dort lebe ich. Unter der Haut. Im Inneren.

– Was ist, Simò, tut dir die Schulter weh?

Ich wollte ihre blaue Stimme nicht hören. Wenn sie meinen Namen ausspricht und dabei beim Schließen des Mundes fast das S verschluckt, rau und unfreundlich wie ein Schubs mit einer offenen Hand, tut sie mir weh. Sie stimmt mich zärtlich und erregt mich. Sie erregt mich und tut mir weh.

– Wo bin ich?, frage ich. – An welchem Ort?

Die Dottoressa spricht.

– Das ist ein geschütztes Haus, das der Staatspolizei zur Verfügung steht. Ein sicherer Ort. Wir gehen davon aus, dass Sie und Kommissarin Negro seit der Flucht des Leguans in Gefahr sind. Hat man das Ihnen nicht gesagt?

Die Polizisten haben mich abgeholt. Möglicherweise schon. Ich habe ihnen nicht zugehört.

– Warum haben Sie mich ausgerechnet hierhergebracht? Der Ort gestern war nicht sicher?

– Doch. Aber ich habe gedacht, hier wäre ein Treffen mit Kommissarin Negro und Dottore Carlisi einfacher. Ich glaube an Teamarbeit …

Ich höre, wie der Chef sich räuspert.

– … und als Sovrintendente Mattei mich heute Morgen angerufen hat …

– Ja, er hat Sie sofort angerufen …

– … um mir zu berichten, dass Herr Martini den Leguan gesehen hat …

– Ich habe den Leguan nicht gesehen.

Mir war, als hätte ich das nur gedacht, denn ich hörte schon nicht mehr zu, doch ich habe es tatsächlich laut gesagt. Der Chef kichert. Grazia sagt, *Simò, ich bitte dich.* Die Dottoressa spricht lauter, eher aus Wut denn aus Verlegenheit.

– Tut mir leid, Signor Martini. Ich wollte nicht sagen, Sie hätten ihn gesehen, ich meinte, Sie sind ihm begegnet.

– Nein.

Ich spüre, dass sie mich anstarren. Ich spüre ihren schweigenden und konzentrierten Blick auf meiner Haut.

Die Dottoressa kommt mit quietschenden Laufschuhen auf dem Holzboden näher. Ihr säuerlicher Geruch steigt mir in die Nase. Ich bin mir sicher, sie wird mich gleich berühren. Ich verschränke die Arme auf der Brust und mache noch einen Schritt zur Seite.

– Signor Martini, Sie haben mir gesagt, gestern Abend sei jemand in Ihre Wohnung eingedrungen …

– Ja.

– Und eine Zeit lang bei Ihnen geblieben.

– Ja.

– Verdammt, Simone, wirklich?

Grazias Stimme ist besorgt. Ich drehe mich zu ihr hin, doch die Dottoressa berührt mich mit Nachdruck.

– Und Sie haben zu mir gesagt, Sie glaubten, beziehungsweise, Sie seien sich sicher gewesen, dass es der Leguan war.
 – Nein, beziehungsweise ja. Ich habe mich nicht deutlich ausgedrückt. Ich dachte, er sei es. Ich war mir sicher. Er machte Dinge ... nein, eigentlich machte er gar nichts, aber ich spürte ihn ... mit einem Wort, Grazia, du weißt, wie ich es mache, oder? Ich spreche mit ihr. Ich spüre sie nicht, die Finger der Dottoressa drücken auf meinen Arm. Ihre kräftigen Nägel graben sich beinahe in meine Haut, doch egal. Ich spreche mit Grazia.
 – Dann habe ich jedoch begriffen, dass er es nicht sein konnte.
 – Warum, Simò?
 – Er hat das Licht angemacht.

Fangen wir von vorne an, hatte die Dottoressa gesagt, und dann: *Setzen Sie sich, Martini.*

Das war ein Befehl, doch Simone hatte sich davor vom Sofa erhoben und stand jetzt verloren in Zeit und Raum in einem neuen Universum, also ließ er einen verschlossenen und etwas wirren Blick schweifen, den Grazia gut kannte. Der Blick konnte böse oder zärtlich sein, je nach Gelegenheit, doch jetzt war er böse. Anna Maria Cescòn bemerkte ihn nicht einmal, oder er war ihr egal.

Sie stand mitten in dem Zimmer, das als Büro diente, im oberen Stockwerk der Villa, und trug einen glänzenden schwarzen Jogginganzug mit roten Rändern; der Reißverschluss der Jacke war halb offen und ließ einen Body mit Schweißflecken an der Brust sehen. Sie war von dem B&B im Dorf, in dem sie übernachtet hatte, aufgebrochen, um in die Villa zu joggen, als der Sovrintendente sie angerufen hatte.

Carlisi wollte etwas sagen, doch Anna Maria hob die Hand, und da zuckte er mit den Schultern und setzte sich auf die Lehne eines Fauteuils. Er brauchte offenbar dringend eine Zigarette, früher oder später würde er eine rauchen.

Grazia ging zu Simone hin. Sie packte ihn am Arm, drückte ihn noch fester, und er zuckte zusammen, als ob sie ihm Angst gemacht hätte. Sie zog ihn vorsichtig zurück, bis er den Rand des Sofas berührte, dann setzte sie sich gemeinsam mit ihm. Simone rutschte von ihr weg, glitt seitlich über das Kissen und lehnte sich zurück, mit den Armen auf der Brust verschränkt und den Händen auf den Schultern. Weit weg von Grazia, die nicht darauf achtete und ebenfalls auf das wartete, was Simone zu sagen hatte.
– Signor Martini?
– Simò?
– Ich wollte hochdrücken ... das ist eine Übung, die man beim Krafttraining macht, ich habe ein Zimmer als Fitnessraum eingerichtet ... ich wollte die Hantel hochdrücken, als ich etwas hörte. Ein Geräusch, doch beim ersten Mal habe ich nicht darauf geachtet, ich habe es erst beim zweiten Mal bemerkt.
– Entschuldigung, Signor Martini, aber das erscheint mir nicht ...
– Rede weiter, Simò.
Grazia streckte einen Arm aus und berührte seine Hand. Simone legte die Arme noch fester um sich, drückte sich in seine Ecke wie in einen Bau.
– Zuerst war da nur die vage Empfindung, dass jemand da war. Ich hatte Angst. Dann plötzlich ... war es ganz klar, dass jemand bei mir im Zimmer war. Und zwar schon lange.
Anna Maria schnitt eine skeptische Grimasse. Sie grinste, und Simone blickte sie aus halb geschlossenen Augen an, als ob er die angespannten Lippen spürte, den Speichel im Mundwinkel.
– Früher reichten mir ein Geruch, ein Atem, die Vibration des Fußbodens, ich zählte die Torbögen in den Arkaden und spürte Luft und Leere, doch jetzt ... Ich halte mich seit mehr als einem Jahr in meiner Wohnung auf, ohne jemanden zu treffen. Doch wenn jemand im Zimmer ist, spüre ich das.

– Und warum dachten Sie, es sei der Leguan?
– Weil ich Angst hatte.
Carlisi öffnete einen Spaltbreit das große Fenster, das auf das Tal blickte, er schob es gerade mal so weit zur Seite, dass er den Rauch der Zigarette, die er sich angezündet hatte, in die Frischluft blasen konnte. Offenbar belebte ihn der Tabak, denn bis jetzt hatte er Cescòn schweigend zugehört.
– Wie gelangt man in Ihren Fitnessraum? Ich rede mit Ihnen, Simone … In welchem Stockwerk befindet er sich, gibt es Fenster?
– Es ist die Mansarde im zweiten Stock. Eine Tür führt auf den Gang. Keine Fenster.
– Und wie gelangt man ins Haus?
– Durch ein Tor im Erdgeschoss.
– Das Sie immer geschlossen halten.
– Ich habe Ihren Leuten mit der Gegensprechanlage geöffnet. Sie müssen sie fragen, ob es geschlossen war.
– Ist Ihnen irgendetwas aufgefallen? Offene Fenster …
– Sie haben mich in aller Eile weggebracht, so, wie ich war. – Simone zupfte an seinem T-Shirt. – Sie haben mich runterkommen lassen, und ab, ich hoffe, ihr habt die Tür verschlossen.
– Ist gut.
Anna Maria, die sich auf den Rand eines Tischs gesetzt hatte, trat wieder in die Mitte des Zimmers. Carlisi betrachtete zerstreut den eindeutigen Streifen, der sich hinten auf ihrer Hose gebildet hatte und der ihre beiden festen Hinterbacken trennte.
– Vielleicht schicken wir jemanden hin, der überprüft, ob es Spuren eines Einbruchs gibt. Derweil nehmen wir an, dass ein Fremder in die Wohnung von Signor Martini eingedrungen ist.
– Nehmen wir an?, flüsterte Simone und runzelte die Stirn.
– Also, sagte Grazia entschlossen, nicht zuletzt, um ihn abzulenken, – unser Typ ist drinnen bei dir und macht ein Geräusch. Und du hörst ihn. Okay? Was für ein Geräusch?

– Keine Ahnung.
– Das weißt du nicht? Simone, du hörst die Farben der Stimmen, du warst immer wie eine Fledermaus, ich konnte nicht einmal einen ganz leisen Furz lassen …

Grazia lächelte bei dem Gedanken, wie er *erwischt!* gerufen hatte, obwohl sie in einem Zimmer am anderen Ende der Wohnung, mit zusammengepresstem Hintern, Bauch und Lippen versucht hatte, sich zurückzuhalten. Sie lächelte, und er lächelte auch, aber nicht so sehr.

– So bin ich nicht mehr. Ich weiß nicht, was für ein Geräusch er gemacht hat. Ich sage es dir, sobald ich mich daran erinnere.
– Sprechen wir noch mal vom Licht, Signor Martini. Wann haben Sie bemerkt, dass es an ist?
– Als der, der Typ … nachdem er gegangen ist. Über der Tür ist eine kleine Lampe, als ich durchgegangen bin, habe ich die Wärme auf dem Kopf gespürt, ich habe den Schalter berührt, er war gedrückt. Ich habe die Lampe ausgemacht.
– Wäre es nicht möglich, dass das Licht schon länger an war?
– Nein.
– Könnten nicht Sie es angemacht haben?
– Warum sollte ich?

Auch sein Lächeln war verschlossen und verwirrt, wie der Blick. Grazia wusste, wie irritierend das Lächeln sein konnte, tatsächlich presste Anna Maria die Lippen zusammen.

– Oder sonst jemand, der bei Ihnen oben war, sagte Carlisi, – die Polizisten, die Putzfrau …
– Es war nie jemand oben. Die Boten legen mir unten die Einkäufe und die Sachen hin, die ich bestelle, ich trage sie dann hinauf. Den Fitnessraum habe ich allein eingerichtet. Ich putze mir selbst. Oder auch nicht.
– Ein Fitness-Eremit.

– Ich hebe Gewichte, flüsterte Simone, doch so leise, dass ihn niemand hörte.

– Wenn wir die eventuellen Einbruchsspuren überprüfen, suchen wir im Fitnessraum auch nach Fingerabdrücken und DNS-Spuren, sagte Carlisi. – Nur aus Neugier, Simone, wie viele Kilo heben Sie?

Simone zuckte mit den Schultern.

– Die Zahl ist irrelevant. Sie ist nur eine Grenze, die ich überschreiten muss.

Er steckte das Kinn in den Ausschnitt, er verkrampfte sich so sehr, dass der Bizeps in den Ärmeln anschwoll, der Stoff spannte über der Haut. Er senkte den schiefen Blick auf den Boden, Grazia wusste, dass sein Blick sowohl böse als auch zärtlich sein konnte, aber auch unnachgiebig, hartnäckig verschlossen und in sich gekehrt, und so war er in diesem Augenblick.

– Ich weiß nicht, was ich davon halten soll. Ich glaube, dein Ex ist etwas durcheinander, Grazia, offenbar hast du ihm das Herz gebrochen.

Carlisi öffnete den Klettverschluss der Windel und klebte sie wieder zu. Mit einer Hand packte er das Baby an den Knöcheln und hob seinen Hintern an, dann hob er es zur Gänze in die Höhe und ließ es in die Tragetasche plumpsen. Er knackte mit den Fingern, wie ein Chirurg. Grazia holte ein Feuchttuch aus der Packung und reichte es ihm.

– Der Trick besteht darin, von unten nach oben zu wischen, sagte Carlisi, – nie in die andere Richtung, sonst landet die Kacke in der Möse. Ich möchte dich darauf hinweisen, dass ich es sogar nach Jahren noch kann.

Davor waren sie in der Küche gewesen, um eine Bestandsaufnahme zu machen. Sie hatten Simone, stumm und in sich gekehrt, im Büro sitzen lassen, und als der Vicequestore sagte, *wir müssen achtgeben, dass wir nicht die falsche Person jagen,* hatte eines der beiden Babys im Schlafzimmer zu weinen begonnen. Grazia war aufgesprungen, hatte es auf den Arm genommen und augenblicklich festgestellt, dass etwas nicht in Ordnung war. Doch bei dem stechenden säuerlichen Geruch nach fauligem Gras wurde ihr noch immer schlecht, die Medikamente betäubten zwar den Schmerz, schlugen sich jedoch auf den Magen, beim kleinsten Reiz glaubte sie, kotzen zu müssen. Am liebsten hätte sie Ersilia gerufen, obwohl es ihr zuwider war, sie zu stören, immerhin war sie eine Polizistin, die zu ihrem Schutz abgestellt war, und kein Babysitter, und außerdem hatte sie draußen Dienst, und da hatte sich Carlisi angeboten. Und das war gar keine schlechte Idee gewesen, das Baby hatte zu weinen aufgehört und sah ihn, auf dem Frotteehandtuch auf der Waschmaschine liegend, selbstvergessen an. Es war ein sehr kleines Bad, Anna Maria stand davor und lehnte mit verschränkten Armen am Türstock.

– Haben Sie Kinder, Dottoressa?, fragte Carlisi.

– Nein, sagte Anna Maria.

– Das dachte ich mir. Für eine wie Sie geht die Arbeit vor, die Karriere … Irre ich mich?

– Man muss Prioritäten setzen. Sie hatten Kinder, nicht wahr?

– Zwei, ein Mädchen und einen Jungen, sie sind schon groß. Sie leben bei meiner Ex-Frau.

– Das dachte ich mir. Für einen wie Sie … – Sie fügte nicht *Arbeit* oder *Karriere* hinzu, und Carlisi bemerkte es. Er machte noch mal die Klettverschlüsse der Windel auf, weil sie zu fest saß. Er dachte, *sie hatten Kinder* anstatt *sie haben* klänge anzüglich, ironisch und spöttisch. Er wurde so nervös, dass er den Body falsch zuknöpfte.

– Wie dem auch sei, wir suchen einen Blinden mit fünfzig Kilo mit gelben Kopfhörern. Ich habe die Carabinieri informiert, sie haben mir bestätigt, dass es im Heim keine Kopfhörer gab, zumindest nicht auf den ersten Blick. Wir werden das noch überprüfen.

– Es wäre schön, Dottore, wenn Sie die Informationen nicht nur mit den Carabinieri, sondern auch mit den Kollegen teilten.

– Ich glaube, das ist nicht notwendig, die meinen erstatten ja zuerst Ihnen und nicht mir Bericht, Dottoressa.

– Vielleicht ist er doch nicht der Falsche, sagte Grazia leise zu sich, dann wiederholte sie es lauter.

– Was meinen Sie damit?

– Möglicherweise sind es zwei. Der Leguan und ein anderer, der dem Leguan bei der Flucht hilft und ihn vielleicht versteckt. Wenn wir den anderen finden, schnappen wir auch den Leguan.

– Sofern es diesen anderen gibt, sagte Anna Maria. Sie dachte an Serienmörder-Typologien, an Profile von Mördern, die als Paar agierten. Henry Lee Lucas und Ottis Toole. Kenneth Bianchi und Angelo Buono. Ludwig. Geteilte Psychose. Folie à deux. *The Serial Killers* von Colin Wilson und Donald Seaman.

Carlisi nickte und dachte nach. Das Baby hatte zu strampeln begonnen. Der Vicequestore legte ihm eine Hand auf den Kopf, streichelte es mit dem Daumen zwischen den Augen, mit kleinen und langsamen kreisförmigen Bewegungen. Er flüsterte, *das ist meine Methode,* und tatsächlich funktionierte sie auch, denn die Lider des Babys senkten sich, als ob es plötzlich müde geworden wäre, und es schlief ein. Carlisi hob es von der Waschmaschine und reichte es Anna Maria, die es unbeholfen und steif im Arm hielt, dann zwickte er Grazia in die Wange.

– Los, auf zur Jagd, Mädchen, sagte er, während er aus dem Bad ging, – bring mir die Bestie, wer auch immer sie ist.

Grazia sprach nicht aus, was sie dachte, denn sie hatte sich schon daran gewöhnt, dass ihr Vicequestore ein Arschloch sein konnte, außerdem dachte sie bereits an etwas anderes. Anna Maria hingegen sprach es aus, *was für ein Trottel,* stieß sie zwischen den

Zähnen hervor, halblaut, nicht aus Scham, sondern aus Wut. Es war nicht das erste Mal, dass sie ein Baby im Arm hielt, doch die Geste hatte sie so überrascht, dass es ihr tatsächlich fast aus dem Arm gefallen wäre.

WhatsApp-Sprachnachricht für Grazia.
Dr. Carlisi, Mikrofon und rundes Icon mit lächelndem Foto. Unfrisiert, Brille auf der Stirn und Zigarette.

Mit Cristiano von der Spurensicherung gesprochen. Aus Zeitgründen haben sie sich auf den Lichtschalter und den Teil des Bodens beschränkt, auf dem sich der Verdächtige deinem Simone zufolge bewegt hat, mehr oder weniger in der Mitte des Fitnessraums. Ein schneller, aber sehr präziser Job, du weißt ja, wie penibel Dottore Cristiano ist. Tatsächlich …

00:14   18.32

Entschuldige, das war ein Fehlstart. – Große Finger und kleiner Bildschirm, – ich sagte …

00:03   18.33

Was zum Teufel ist mit diesem Scheißhandy los? Ich sagte, tatsächlich findet sich auf dem Schalter ein halber Fingerabdruck, der nicht von deinem Ex stammt. Sie haben Stichproben im Fitnessraum gemacht und nur Fingerabdrücke von Martini Simone gefunden, nur seine, außer dem halb radialen links auf dem Schalter, der von wem anderen stammt, ein Daumen, wie es scheint, und noch ein paar mehr auf dem Boden in dem besagten Areal. Alle von demselben unbekannten Subjekt. Und auch ein Handabdruck, bei dem man glauben könnte, der Typ habe sich am Boden bewegt, gewissermaßen auf vier Pfoten. Heißer Scheiß, was? Warte.

00:32   18.33

Ich habe auf *senden* gedrückt, denn wenn ich das Zeug irrtümlich lösche, muss ich wieder von vorn anfangen. Also, auf dem Boden, gemeinsam mit den Fingerabdrücken, haben sie auch ein Haar gefunden, guter Gott, nahezu ein Körperhaar, denn es ist kurz, aber jedenfalls ein Haar. Hell. Ohne Haarzwiebel kann man nichts feststellen, sagt Cristiano, doch auch mit Haarzwiebel wäre es schwierig, wir sind ja nicht beim CSI, die selbst nach zweihundert Jahren noch die DNS aus einem Popel extrahieren, aber offenbar stammt es nicht von deinem Ex, sondern von einer anderen Person. Wahrscheinlich gibt es auch noch weitere organische Materie, denn Mister Muscle hat zwar ein Jahr lang niemanden hineingelassen, doch sofern er nicht überall staubgesaugt hat, und dafür scheint er mir nicht der Typ zu sein, sind wohl Reste aus den Jahren davor vorhanden, wahrscheinlich auch von dir. Doch die Abdrücke und die Haarstruktur lassen vermuten, dass er wahrscheinlich recht hat. Es gibt einen anderen. Bravo, Grazia. Doch das ist noch nicht alles. Ich bin zum Staatsanwalt gegangen, Lorenzini, einem Freund, und habe ihm alles erzählt, und jetzt sind wir wieder im Spiel. Den Carabinieri gehört der Leguan, uns der andere, vorausgesetzt, wir teilen wie Brüder. Natürlich nicht. Natürlich kümmern wir uns nicht nur um ihn. Fass ihn, Mädchen.

01:07   18.35

Warum versteht er nicht?

Ich habe es ihm erklärt, es ihm in aller Ruhe und mit den richtigen Worten erklärt, gut erklärt, und als mir die Worte ausgegangen sind, habe ich es ihm ins Gesicht gesagt. Hin und wieder, wenn ich leidenschaftlich spreche, fletsche ich die Zähne, ich weiß, das sieht nicht schön aus, es macht den anderen Angst. Doch diesmal habe ich mich bemüht, es nicht zu machen, ich habe die Lippen zu einem Lächeln verzogen, das erwartet man, wenn jemand von Liebe spricht.

Warum verstehst du nicht, was Liebe ist? Hör zu.

Wenn du etwas zu Süßes oder etwas zu Fettes gegessen hast und die Säure dir den Hals bis ins Hirn hochsteigt und du davon betrunken wirst. Wenn du auf einer Schaukel sitzt und es wieder Richtung Boden geht oder dein Auto gleich über ein Schlagloch hüpfen wird und dir der Atem stockt, und du ein Kribbeln in der Magengrube spürst, noch bevor es passiert, allein die Erwartung raubt dir den Atem.

Verstehst du das? Nein, sag mir nicht, was Liebe ist, du weißt es nicht. Ich kenne dich, Dottore. Du lebst allein in dieser kleinen Wohnung. Du hast nichts Wichtiges im Leben, nur deine Arbeit. Ich erkläre es dir, aber du verstehst es nicht. Warum verstehst du nicht? Warte.

Stell dir vor, dass du dich irgendwo anschlägst, etwa das Knie, oder dass du dir den Knöchel verstauchst und es so wehtut, dass du am liebsten weinen würdest, du aber gleichzeitig lachen musst, nicht weil es lächerlich ist, sondern weil der Schmerz nun mal so ist, und du lachst und weinst mit offenen Mund, lauthals, ein Geräusch wie von einem Moped oder einem Welpen mit heraushängender Zunge. Kannst du dir vorstellen, dass niemand da ist und du in aller Stille an deine Angelegenheiten denkst und du fast einschläfst, und dann schlägt plötzlich eine Tür zu oder jemand springt hervor und schreit *buh!,* und einen Augenblick lang ist alles schwarz, weil dein Herz einen Sprung macht und die Sinne auslöscht, und dann plötzlich verspürst du einen Schlag, und du fährst auf, als hättest du einen Stromstoß abbekommen?

Verstehst du? Warum verstehst du noch immer nicht?

Ich will ihm nicht zuhören. Er versucht mir die Situation zu erklären, er sagt, er wolle mir helfen, er kenne mich, er kenne mich gut, er wisse, was ich brauche. Doch das interessiert mich nicht und ich will mir das nicht anhören.

Ich stecke die Finger in meine Mäuseohren, ich presse sie hinein und singe so laut, wie ich es als Kind gemacht habe, ich schreie, doch ich sehe, wie sein Mund auf und zu geht, und ich glaube, ihn trotzdem zu hören. Da packe ich seine Lippen, zerquetsche sie mit der Hand und schiebe die Handfläche nach oben, dass ich auch die Nase mit dem Daumen zusammenpressen kann. Die andere Hand lege ich in seinen Nacken, um seinen Kopf festzuhalten, und ein Knie lege ich quer über seine Beine, denn er versucht aufzustehen, doch umsonst. Ich habe seine Handgelenke an die Sessellehne gebunden, die Kabelbinder schneiden in seine Haut, doch er windet sich, die Augen sind so weit aufgerissen, dass die Augäpfel aus den Höhlen zu springen scheinen. Ich lasse ihn los und wische mir die Handfläche an seiner Jacke ab, während er keucht und hustet, um wieder zu Atem zu kommen.

Ich frage ihn: Weißt du, dass Liebe Tod ist?

Er schüttelt den Kopf und will wieder was sagen, doch ich verschließe ihm aufs Neue Nase und Mund und drücke ihn nach unten.

Ich sage zu ihm: Du weißt, dass Liebe Tod ist.

Er nickt und da lasse ich ihn los. Ich setze mich auf seine Knie.
Du weißt, dass Liebe Angst macht.
Ja.
Du weißt, dass sie Schmerzen verursacht, doch wenn du ihr begegnest, kannst du nicht darauf verzichten. So ist es, das weißt du, nicht wahr?
Ja.
Du willst mich nicht bluten sehen. Also sag es mir. Sag mir, wo die Frau versteckt ist. Die Polizistin.
Sag mir, wo sie ist.
Sag es mir.
– Ich kann dir helfen.
Nein. Ich drücke eine Hand auf seinen Mund, mit dem kleinen Finger oben, um seine Nase zuzuhalten, und dem Daumen unten, um sein Kinn zu halten. Mit den Fingern der anderen Hand ziehe ich hinten an seinen Haaren, und mit der Faust presse ich dagegen. Er bäumt sich auf, windet sich zwischen meinen Knien, spuckt mir Speichel und Schleim in die Hand, stöhnt mit hervorquellenden Augen, doch ich lasse ihn nicht los, und als ich die Hand öffne, saugt er die Luft derart heftig ein, dass ich fast lachen muss. Ich wische die Hand an seiner Brust ab, die sich heftig hebt und senkt. Dabei denke ich, dass das nicht reicht, es ist mehr vonnöten, etwas Überzeugendes.

Ich blicke mich um und finde es. Eine Plastikhülle über der Armlehne des Fauteuils, am Kleiderbügel befindet sich noch das Schildchen von der Putzerei. Ich hole sie, ziehe vorsichtig den Anzug heraus, wobei ich versuche, sie nicht zu beschädigen, und zeige sie ihm, bevor ich hinter ihn trete.

Ich stülpe sie ihm über den Kopf und lege sie eng ans Gesicht, ich zurre sie hinten im Nacken fest, als wollte ich einen Knopf machen, ziehe nach unten und lehne meine Stirn an seinen Nacken, mit geschlossenen Augen.

Jetzt funktioniert es. Jetzt kriegst du richtig Angst, ich spüre es. Es macht keinen Sinn, dich rumzuwerfen, du entkommst mir nicht.

Es macht keinen Sinn, Widerstand zu leisten. Du wirst mir sagen, wo die Frau ist, du wirst es mir sagen, es mir sagen.

Doch ich habe einen Fehler gemacht. Ich habe nicht an das CO_2 gedacht, das bei jedem frenetischen Atemzug die Hülle füllt und ihn schneller ersticken lässt, als gedacht.

Keine Ahnung, wie lange er sich schon nicht mehr rührt, als ich die Augen öffne. Sobald ich ihn so sehe, zusammengesunken, mit dem Zellophan auf dem Mund wie vakuumverpackt, und einem roten Kreis, dort, wo er sich in die Zunge gebissen hat, ist mir klar, dass Dottore Persichetti tot ist.

Er wird mir nicht mehr sagen, wo die Frau ist.

Ich muss weitersuchen.

Weitersuchen.

Bologna 5

Roberto steigt aus dem Auto und lehnt sich mit dem Hintern an den Kühler. Es ist fast wieder heiß, der Sommer ist eigentlich schon vorbei, will sich aber noch nicht endgültig verabschieden. Er spielt mit dem Handy, dreht und wendet es zwischen den Fingern. Die Nacht hat gerade begonnen, niemand ist unterwegs und er langweilt sich, also überlegt er, ob er nicht eine Aufnahme machen und auf Twitter stellen soll.

Doch es ist so still hier im Herzen Bolognas, er ist allein auf dem Taxistandplatz, die Luft ist mild und er hat keine Lust, den Clown zu machen. Eigentlich wäre etwas Ernsthaftes angebracht, nun ja, nicht wirklich ernsthaft, aber halb ernsthaft, etwas über Bologna, denn in diesem Augenblick ist ihm eingefallen, dass das seine Heimatstadt ist, und er spürt einen Anflug von Zärtlichkeit.

Er blickt sich um, die heruntergelassenen Rollläden der Geschäfte in den Arkaden wirken wie geschlossene Lider, zwischen den Säulen sieht man einen Ausschnitt von San Petronio, das gelbe Licht der Straßenlaternen spiegelt sich auf dem Marmor der Basilika, der bis zur Hälfte der Fassade reicht. Ein Stück weiter rechts befinden sich der Palazzo Re Enzo und die Via Rizzoli, und vorne, hinter der Straße, sind die Gebäude mit den Bars und Läden, und schließlich wieder er und sein Taxi, Bologna 5, das auf dem Nettuno-Taxistandplatz steht.

Da fällt ihm ein, dass der Standplatz trotz seines Namens nichts mit der Neptun-Statue zu tun hat, die steht auf der Piazza

Re Enzo, der Brunnen mit dem Gott des Meeres befindet sich hinter dem Palazzo auf einem eigenen Platz, Piazza del Nettuno eben, und da fällt ihm auch die dazugehörige Legende ein: Als Giambologna die Bronzestatue schuf, stattete er sie mit einem schönen, eines Gottes würdigen Penis aus, die Bologneser bezeichnen ihn einfach als Riesen, *al Zigant*. Doch dem Papst gefiel die Statue nicht, eben weil sie so einen Riesenpenis hatte, und er zwang ihn, ein Blatt anzubringen, wie es sich für gewöhnlich zwischen den Beinen antiker Statuen befindet. Doch als Neptun auf den Sockel gestellt wurde, hat Giambologna ihn so gedreht, dass man, wenn man ihn von hinten betrachtet, den hochgereckten Daumen seiner linken Hand sieht, während er mit der rechten den Dreizack hält. Es gibt auch einen dunklen Stein, der wie zufällig daliegt, doch wenn man darauf steht, sieht man die mächtigen Hinterbacken des Riesen, seinen muskulösen Schenkel und den Torpedo, der aus seinem Rumpf zu wachsen scheint, mit einem Fingernagel, sodass er sogar aussieht, als wäre er beschnitten. Alle Achtung.

Roberto macht das Handy an und berührt das Foto-Icon, doch dann hält er inne, denn er hat keine Lust, einen Witz über den Penis des Riesen zu machen. Die Nacht ist so mild, dass er denkt, dass Neptun mit seinen Proportionen, seinen Details, die schönste Statue der Welt ist. Bologna ist die schönste Stadt der Welt.

Dann fragt er sich, was der schönste Platz in Bologna ist, und denkt, für ihn ist der schönste Platz ganz oben auf dem Torre degli Asinelli, dem höheren Turm, nicht dem schiefen, der schönste Platz Bolognas und somit der ganzen Welt ist da oben, reine Magie, am liebsten würde er den Platz nie verlassen.

Und wie er an den Torre degli Asinelli denkt, fällt ihm das Fenster am Ende des Gangs in San Michele in Bosco, mittlerweile Ospedale Rizzoli, ein, durch das man den Turm wie durch ein umgekehrtes Fernrohr sieht, wenn man näher kommt, wird der Turm kleiner, wenn man sich entfernt, wird er größer, eine optische Täuschung aufgrund des Fensterrahmens, der sich in den Augenwinkeln ausdehnt oder zusammenzieht, und wenn draußen die Sonne scheint, ist es drinnen schwarz, wie von der Blende eines Teleobjektivs mit Zoom abgedunkelt.

Und als er sich einen Ort vorstellt, der anders ist, als er scheint, fällt ihm die Piazza Santo Stefano ein, die – zu ebener Erde und nicht oben auf Palazzi und Türmen – der schönste Ort Bolognas und auf der ganzen Welt ist. Mit der großen gepflasterten Fläche, auf der das Gehen nicht leicht ist, die Pflastersteine sind wie Eier, doch eigentlich bist du der Zerbrechliche, denn sie liegen schon ewig hier, und dahinter die Arkaden mit den hohen Geländern, auf die man sich setzen kann, und ganz hinten die Basilika, in deren Inneren sich sieben ineinander und auch übereinander geschachtelte Kirchen befinden. Dabei ist dieser dreieckige Platz, der von allen, von Google Maps, vom Navi, auch von den Taxifahrern als Piazza Santo Stefano bezeichnet wird, eigentlich gar keine Piazza, sondern nur die Verbreiterung einer Straße, die danach weiterläuft. Bars, Läden, Häuser, die sich an dieser mit eiförmigen Steinen gepflasterten Piazza befinden, tragen die Hausnummern und den Namen einer Straße, Via Santo Stefano. Und es ist merkwürdig, dass es die schönste Piazza in Bologna eigentlich gar nicht gibt.

Doch auch die merkwürdige Tatsache, dass es in einer Stadt alles gibt, auch das, was es nicht gibt, stellt ihn nicht völlig zufrieden. Eigentlich will er nur eines sagen, dass Bologna die schönste Stadt auf der Welt ist, er bräuchte nur die Handykamera anzumachen, sie vors Gesicht halten und sagen: *Bologna ist die schönste Stadt der Welt.*

Doch er tut es nicht. In der Zwischenzeit ist noch ein Taxi gekommen und hat sich hinter seinem auf den Standplatz gestellt. Das hat den ganzen Zauber zerstört.

– Hallo, Robi.

Er kennt den anderen, er ist klein, untersetzt, mit einem Bauch, den er beim Fahren unter das Lenkrad zwängt, er trägt die Maske am Kinn, weil er nicht daran glaubt, nur für den Fall, dass die Kunden sie verlangen, man weiß ja nie, was soll er tun?

Roberto hebt die Hand und grüßt ihn, dann tut er, als würde er was am Handy lesen, vielleicht setzt sich der andere wieder ins Taxi, das er hinter das seine gestellt hat, und vielleicht lässt sich der Zauber ein wenig zurückgewinnen. Doch nein, er kommt näher.

– Hör mal, heute Abend, so um zehn, ist einer gekommen und hat nach dir gefragt.

– Nach mir? Und wer?

Der andere zuckt mit den Schultern.

– Keine Ahnung, ein Kunde. Er sagt, gestern Abend habe er etwas in einem Taxi, Bologna 5, vergessen, er hat sich an das Kennzeichen erinnert, es ist deines.

Roberto nickt. Sicher ist das seines.

– Und warum hat er nicht die Zentrale angerufen? Die hätten es mir gesagt …

– Keine Ahnung. Hat er nicht angerufen?

– Das hätten sie mir gesagt.

– Keine Ahnung. Er hat mich gefragt, ob ich dich kenne, wie du heißt, wo er dich finden könne …

– Und du?

– Nein … nun ja, ich hätte ihm sagen können, wie du heißt, doch nie und nimmer würde ich sagen, wo du wohnst, wirklich nicht … keine Ahnung. Er war so … – Er presst die Lippen aufeinander und zieht den Kopf ein, wodurch seine Schultern noch runder wirken.

– Wie so?

– So sonderbar.

Roberto erschauert. Bis zu diesem Augenblick hat er nicht mehr an Ray Cooper gedacht, hin und wieder fährt man solche Kunden, auch er überprüft nach der Schicht immer, ob im Auto etwas liegen geblieben ist, doch gestern Abend hat er nichts gefunden, erst als er dieses Wort, *sonderbar*, hört, fällt ihm ein, dass er den Teufel gesehen hat, und ein Schauer durchfährt ihn vom Rückenmark bis zum behaarten Nacken.

– Was für ein Typ war das?, fragt er.

– Groß, dünn, mit Halbglatze … merkwürdig. Er trug trotz der Hitze ein Gilet.

Ray Cooper.

– Und hat nach mir gefragt.

– Er hat eine Zeit lang gewartet, an die Säule gelehnt, und die Taxis beobachtet, die gekommen sind. Ich habe ein paar Fahrten gemacht, doch danach war er noch immer da. Dann hatte er wohl die Nase voll, denn er ist zu mir gekommen und hat sich erkundigt. Ich habe noch eine Runde gedreht, und als ich wieder zurückkam, war er nicht mehr da. So, jetzt habe ich es dir gesagt.

Offenbar ermüdet ihn das Stehen, er verabschiedet sich und geht zu seinem Taxi. Doch bevor er einsteigt, dreht er sich noch einmal um.

– Hör zu, ich habe ihm nichts über dich gesagt, weil er mir nicht vertrauenswürdig erschien, doch vielleicht hat er sich bei jemand anderem erkundigt, dem er nicht so verdächtig erschienen ist, und der hat ihm Auskunft gegeben.

Das macht ihm Angst. Roberto beginnt im Taxi nach etwas zu suchen, bückt sich hinter der Tür und kniet sich auf den Rücksitz, schaut unter den Vordersitz, findet jedoch nichts, keine Brieftasche, keinen Personalausweis, kein Päckchen, keinen Papierfetzen. Nichts. Warum sucht ihn Ray Cooper?

Roberto setzt sich ins Auto und betätigt instinktiv die Türverriegelung. Seine Freundin ist zu Hause, er schickt ihr eine unverfängliche Nachricht, *wie geht's so?*, er will ihr keine Angst mit einer filmreifen Aufforderung machen, *sperr dich ein, lauf davon*, vielleicht handelt es sich nur um einen dummen Streich.

Allein diese Formulierung – der Teufel, Ray Cooper, Ray Cooper sucht mich, der, der mit Elton John in Moskau gespielt hat, er hat weiße Augen, los – erscheint sogar ihm lächerlich.

Vielleicht hat der Kunde tatsächlich etwas in seinem Taxi vergessen, und Roberto hat es noch nicht gefunden. Oder er hat es irgendwo verloren und glaubt, es gestern hier vergessen zu haben. Vielleicht ist ihm auch bloß eingefallen, dass er ihm kein Trinkgeld gegeben hat, und will das nachholen. Na ja, jetzt übertreib mal nicht.

Doch da ist immer noch der Schauer, der ihm den Rücken hinunterläuft. Er ist keiner von denen, die schnell Angst haben; bevor er Taxifahrer wurde, hat er zwanzig Jahre lang einen Abschleppwagen gefahren und Falschparker abgeschleppt, er sagt immer, er sei der am meisten gehasste Mann in ganz Bologna gewesen, ein wenig bösartig muss man schon sein, um so einen Beruf auszuüben.

Doch vielleicht sollte er es jemandem sagen.

Und was überhaupt? Ray Cooper, der Teufel, Elton John?

Wie damals, als er einen Dealer angezeigt hat, denn so machen die das heute, sie lassen sich im Taxi zur Wohnung der Kunden bringen, doch man hatte ihm höflich gesagt, er solle sich um seine eigenen Angelegenheiten scheren, solche wie ihn gäbe es genug. Und jetzt? Der Omega-Man.

Genau, aufgrund der Augen erinnert er sich an den Typ. Da ist einer, ein Blinder, einer, der nichts sieht, der in der Gegend der Via Costa wohnt. Er hat ihn während des Lockdowns kennengelernt, während des ersten, harten, als man überhaupt nicht ausgehen durfte. Er jedoch schon, er war die ganze Nacht draußen und hatte nichts zu tun, er bot sich als Lieferdienst an, wenn jemand was brauchte, Einkäufe, Medikamente, Abendessen, das von manchen Restaurants angeboten wurde, wenn jemand Nachtschicht im Krankenhaus hatte, was auch immer. Gratis natürlich. Eine schöne Sache, die Gemeinde hat ihm auch eine Medaille verliehen.

Und da war dieser Typ in der Via Costa, der hin und wieder was brauchte, ein einsamer Typ, der nicht sprach, doch einmal war er in Bedrängnis gewesen und hatte sich am Haustor mit ihm unterhalten, Roberto hatte hinter dem Gittertor gestanden und er hatte ihm erzählt, dass er einmal mit einer Polizistin verlobt gewesen war, einer tüchtigen, einer wichtigen.

Vielleicht konnte der ihm sagen, wen er anrufen sollte, damit man ihn nicht gleich wieder zum Teufel schickte.

Roberto nimmt das Handy und schaut, ob er noch seine Nummer hat. Ja, unter *Simone Blind* gespeichert. Doch es ist schon ein Uhr, vielleicht sollte er lieber morgen anrufen.

Dann macht er den Motor an. Annabella hat geantwortet, *ja, ich habe schon geschlafen,* mit dieser zumindest hypothetischen Verbindung zur Polizei fühlt er sich jetzt ruhiger, doch da ist noch immer dieser Schauer und er will nach Hause.

So endet die Nachtschicht in der schönsten Stadt der Welt.

Mit angehaltenem Atem hielt Grazia den Babys den Finger vor die geschürzten Lippen, um ihren Atem auf der mit Speichel angefeuchteten Haut zu spüren. Das hatte sie in dieser nahezu schlaflosen Nacht mehrmals gemacht, und zum Glück war Ersilia da gewesen, die in Trainingsanzug und Pantoffeln gekommen war, um ihr zu helfen. Während sie eines der Babys an ihre Brüste drückte, die in einem schwarzen Spitzen-BH steckten, hatte sie gesagt: *Babys essen, schlafen, scheißen und weinen, doch du musst das koordinieren, Kollegin, sonst wirst du verrückt, noch dazu bei zweien!*

Die seltenen Male, als beide gleichzeitig eingeschlafen waren, hatte Grazia sich neben ihnen ausgestreckt, mit dem Nacken am Kopfteil des Bettes, und hatte versucht, ebenfalls in den Schlaf einzutauchen, der sie zitternd umfing, doch dann fiel ihr immer etwas ein, das sie vielleicht vergessen hatte, dass dieses duftende Schweigen vielleicht eine Täuschung war, und dann stand sie auf und betrachtete sie, beugte sich über sie, um die tröstliche Bewegung des Atems zu erhaschen, und als es ihr nicht gelang, befeuchtete sie den Finger mit Speichel und hielt ihn vor ihre Lippen, wie um einen Windhauch zu spüren.

– Hast du das bei deinen Kindern auch gemacht?, fragte sie Ersilia, doch die zuckte mit den Schultern.

– Das machen eher Männer. Mütter haben einen anderen Instinkt.

– Ich werde doch keine überängstliche Mutter sein, wie meine eine war?

– Denk nicht darüber nach, du machst gerade was Schlimmes durch.

Grazia sagte nichts. Sie hätte sich gern länger unterhalten, doch Ersilia war todmüde, und sie ließ sie gehen. Sie legte den Nacken ans Kopfteil, hob die Füße aufs Bett und verhakte die großen Zehen. Sie dachte, diese Situation, der Leguan, die Untersuchung, sie in dem Versteck im Apennin wie ein flüchtiger Verbrecher – nein, das waren gewiss nicht ideale Voraussetzungen, um über ihre Lehrzeit als Mutter nachzudenken. Sie fragte sich, ob die Babys die Spannung mitbekamen, den Hass, die Angst, denn sie hatte tatsächlich Angst, ihre Pistole lag auf dem Nachtkästchen, und sie hasste den Leguan dafür, dass sie wegen ihm diese Momente verpasste. Sie dachte nämlich weniger an Windeln und Milchpumpen, an die Widerspiegelung ihres Bilds im verträumten und abwesenden Blick der Babys, sondern vielmehr daran, wie sie das Ungeheuer fassen, wie sie es jagen konnte, sie dachte gern daran, tief in ihrem Inneren spürte sie, dass ihr das lieber war als Windeln, Milchpumpen und die Widerspiegelung ihres eigenen Bildes, und das machte ihr ebenfalls Angst. Sie hatte lange darüber nachgedacht, ob sie Polizistin oder Mutter sein wollte, und sich für Mutter entschieden, ausschließlich Mutter, und jetzt musste sie wieder von vorne anfangen. Warum, warum, warum. Hass und Angst.

Sie glaubte, gerade eingeschlafen zu sein, als sie einen Knall hörte. Noch bevor sie die Augen öffnete, griff sie instinktiv zum Nachtkästchen, wo die Beretta lag, doch sie erkannte Simones Stimme, der *verdammte Scheiße* zwischen den Zähnen hervorstieß. Er stand an der Tür und massierte sich die Schulter, mit der er gegen den Türstock gestoßen war. Er war gekleidet wie am Tag davor, allerdings barfuß und unfrisiert. Er hatte auf dem Sofa im Büro oben geschlafen, er war nicht einmal zum Essen heruntergekommen.

– Zuerst habe ich gedacht, es sei eine Katze, sagte Simone, – dann habe ich heute Nacht ein Wimmern gehört. Wann hast du … wann?

– Gestern. Nein, vorgestern. Glaube ich. Ich habe den Überblick verloren, sie haben uns gleich nach der Entbindung hierhergebracht. Es sind Mädchen. Willst du sie berühren?

Simone schüttelte den Kopf. Er atmete hörbar ein, Grazia verstand nicht, ob er den Geruch der Babys oder etwas anderes einsaugen wollte. Am Rand von Simones halb offenem Auge hing eine Träne, sie hielt sich hartnäckig an den Wimpern fest.

– Von wem sind sie?, fragte er.

– Vor irgendwem. Einem Spender, ich erinnere mich nicht einmal an seinen Namen. Ich wollte ihn absichtlich vergessen; ich bin Alleinerzieherin, Simò.

– Tut mir leid.

– Mir nicht. Keine Ahnung, ich weiß es noch nicht. Aber ich habe mich dafür entschieden.

– Das meinte ich nicht.

Das hatte er ganz leise gesagt, und Grazia hörte es nicht. Sie stand auf, als Simone sie kommen hörte, machte er einen Schritt zurück. Grazia schob ihn sanft aus dem Zimmer, sie wollte die Babys nicht wecken, und sie wollte einen Kaffee. Sie fragte ihn, *willst du einen Kaffee, Simò?* Er nickte und ließ sich zur Küche ziehen. Er ließ zu, dass Grazias Hand seinen Arm berührte, ihre Finger auf seinem Bizeps, die Fingerspitzen, die auf seinen Muskel drückten.

– Simone, was hast du gemacht? Du bist ja völlig aufgeblasen! Als ich dich kennengelernt habe, warst du ein dünner Nerd, der in einer Mansarde wohnte, und als ich dich verlassen habe, warst du ein Hausmann mit Bauch, der auf die ganze Welt wütend war, und jetzt … was ist das denn?

Sie hatte ihre Hand in den Ärmel des T-Shirts gesteckt und auf die Wölbung des Trizeps gelegt. Simone löste sich von ihr, machte in der ihm fremden Küche einen Schritt zur Seite und stieß mit der Hüfte gegen den Küchentisch. Es tat ihm weh, doch das war ihm egal. Er hatte in Grazias Berührung und in ihrer Stimme etwas wahrgenommen, das ihm nicht gefiel. Er hielt sich an der Tischkante fest und drückte fest zu, als ob das der einzige sichere Halt wäre, ein Fels in der Brandung.

– Wie oft trainierst du, Simò?

– Den ganzen Tag. Jeden Tag.

– Verdammt, bist du verrückt geworden? Und was machst du, wenn du nicht trainierst?

– Ich ruhe mich aus.

Er hörte, wie sie Schubladen öffnete und schloss. Er hörte das metallische Knirschen, als sie den Espressokocher aufdrehte. Der Löffel schlug gegen den Rand der Kaffeedose, dann das weiche Geräusch des in den Filter gepressten Kaffees. Das elektrische Knacken des Gasherds.

– Und womit verdienst du dein Geld, Simò? Früher hast du in der Schule unterrichtet.

– Invalidenrente, Abfindung, Geld von der Versicherung. Wie du weißt, bin ich sehr genügsam.

– Ich weiß, ich weiß.

Grazia zog einen Stuhl unter dem Tisch hervor und setzte sich. Sie zog die Beine an und stützte die Fersen am Rand auf, doch als sie die Knie mit den Armen umschlingen wollte, fiel ihr ein, dass sie halb nackt war, in Unterhose und T-Shirt, deshalb sagte sie, *warte*. Und warf sich etwas über, für den Fall, dass ein Kollege von der Eskorte oder Carlisi hereinkam, in der Villa herrschte reges Kommen und Gehen.

Simone blieb allein in der Küche. Er drückte die Tischkante noch heftiger, denn plötzlich und unerwartet fühlte er sich allein. Das war ihm schon seit Langem nicht passiert, er konnte sich nicht einmal erinnern, wann. Verwirrt, alleingelassen. Einsam.

Er wollte schon *Grazia* rufen, doch dann hörte er das Geräusch ihrer nackten Füße auf dem Küchenboden. Auch der Espressokocher gurgelte, und er roch den Duft des Kaffees.

– Nimmst du noch Zucker, Simò? Was für ein Frühstück soll ich dir machen, sechs verquirlte Eier, wie Rocky?

Simone musste lächeln. Er tastete, bis er die Lehne eines Stuhls fand, und setzte sich.

– Ich esse alles.

Am Anfang hatte er ein Dutzend Ernährungstabellen konsultiert und sich mit Berechnungen von gesättigten Fettsäuren und Proteinkurven verzettelt, dann hatte er begriffen, dass das nichts für ihn war.

Von da an aß er, was ihm schmeckte, solange es ihm genug Energie für das Krafttraining gab.

Grazia stellte ihm den Kaffee hin, fast unter die Nase, und führte mit leichtem Druck der Finger seine Hand zur Tasse. Sie setzte sich wieder, und diesmal streckte sie die Beine auf dem Tisch aus, mit den Knöcheln an der Kante und dem Kopf an der Lehne, zwischen den Schultern. Der Schlaf umgab ihren Kopf wie ein heller Schein, und ein Schluck heißer Kaffee reichte gewiss nicht, um ihn zu vertreiben.

– Wie heißen sie?, fragte Simone, der seinen Kaffee noch nicht angerührt hatte.

– Weiß ich noch nicht. Ich hatte noch nicht genug Zeit, um mich für einen Namen zu entscheiden. Wir konnten uns auch nicht entscheiden, erinnerst du dich?

– Wenn wir die Sache durchgezogen hätten, hätten wir einen Namen gefunden. Ein paar Ideen hatten wir ja.

– Natürlich, die Namen unserer Väter und Mütter. Meine heißt Addolorata und den Namen der Mutter des Typs kenne ich nicht mal, also das können wir vergessen. Im Augenblick sind sie die Babys, das reicht. Ich mache dir zwei Spiegeleier, Simò.

– Du hast mir gar nicht gesagt, dass du schwanger warst.

Grazia öffnete den Kühlschrank, dann stellte sie sich auf die Zehenspitzen, um eine Tasse aus einem Regal zu nehmen.

– Ich habe es dir gesagt. Ich habe dich angerufen, aber du hast nicht abgehoben, dann habe ich dir mehrere SMS geschickt, aber du hast sie nicht gelesen. Das letzte, kurz bevor ich ins Krankenhaus gegangen bin.

Möglich. Er hatte ihre Nummer gelöscht. Und das Telefon hob er schon seit einem Jahr nicht mehr ab. Er hörte, wie sie die Eier verquirlte, und während er auf seinen Kaffee blies, hörte er, wie sie in der Pfanne brutzelten. Das alles, der Geruch des brutzelnden Öls, die glatte Wärme der Tasse an den Lippen, das Geräusch von Grazias Füßen auf dem Boden, erinnerte ihn an früher, als sie ein Paar gewesen waren, doch das war ihm zuwider. Allmählich hörte und spürte er wieder Geräusche und Gerüche, und das wollte er nicht.

Da war noch immer die Träne im Augenwinkel, oder vielleicht war es eine andere, er zerquetschte sie mit den Fingern und wischte sich mit dem Handrücken ab. Er äußerte einen wütenden Satz, er wollte entschlossen klingen, doch es klang eher wie eine flehentliche Bitte.

– Wann darf ich wieder nach Hause?

– Sobald wir den Leguan gefasst haben, Simò.

„Bologna 5"

Der Klingelton von Simones Handy, der den Namen des Anrufers aussprach, war ihr nicht mehr vertraut, und obwohl es kaum mehr als ein Flüstern war, fielen ihr fast die Eier aus der Hand. Auch Simone hatte nicht damit gerechnet, er erschrak. Sein Handy befand sich in der Jeanstasche, er hatte es immer bei sich, um Dinge zu bestellen und sich vom Wecker die Ruhepausen zwischen den Übungen ansagen zu lassen, aber gewiss nicht, um angerufen zu werden. Es war Roberto, der Taxifahrer.

„Bologna 5"

– Hallo? Nein, kein Problem, ich bin schon wach. Ja, gewiss ... sag mir ruhig ...

Grazia legte die Eier auf einen Teller, sie drehte sie um, damit Simone nicht gleich in das etwas verbrannte Eiweiß biss. Sie sagte, *Simò, sprich leise, ich bringe dich um, wenn du mir die Babys aufweckst*, dann nahm sie die Gabel, die sie auf den Teller gelegt hatte, brach den verbrannten Teil ab und knabberte daran, denn ihr schmeckte das.

Mit dem Namen des Leguans kam die ganze Unruhe von davor zurück. Hass und Angst. Nach der salzigen Kruste nahm sie die Innenseite ihrer Wange in Angriff und dachte nach. Sie war sich beinahe sicher, dass es *den anderen* gab, und sie war sich auch sicher, dass er dem Leguan half. Alessio Crotti war zwar gewieft, doch im Alleingang hätte er sich nicht so gut verstecken können, wahrscheinlich hätten die Carabinieri ihn schon längst gefasst. Und auch bei der Vorgehensweise war irgendetwas, das nicht passte. Finden wir *den anderen*, wiederholte sie zum x-ten Mal bei sich, dann finden wir auch den Leguan. Und während sie mit den Schneidezähnen an der Innenseite ihrer Wange nagte, fiel ihr etwas ein. Ihr fiel *Das Schweigen der Lämmer* ein, doch das hätte sie nie und nimmer zu Anna Maria Cescòn, der Dottoressa und Profilerin, gesagt, allenfalls zu Carlisi, er war ein Arschloch, tüchtig zwar, aber ein Arschloch. Sie mochte keine Krimis und auch nicht diesen Film, doch sie hatte ihn Simone gezeigt und Carlisi zitierte ihn ständig. Der Serienmörder Hannibal Lecter hatte zur Polizistin, die den anderen, Buffalo Bill, suchte, gesagt: *Was macht er? Er begehrt, und was begehrt er? Was er sieht*. Oder so ähnlich.

Wenn *der andere* also dem Leguan half, bedeutete das, dass sie sich irgendwo gesehen hatten, als er sich noch in der forensischen Psychiatrie oder auch in der Anstalt befand, vielleicht kannte er auch die beiden Toten. Sie musste Dottore Persichetti und Marta fragen, ob irgendjemand Kontakt mit dem Leguan aufgenommen hatte. Sie musste persönlich in die Anstalt gehen, jetzt, wo dies möglich war, ohne dass es zu einem diplomatischen Konflikt mit den Carabinieri kam, und etwas suchen, das sie möglicherweise zu *dem anderen* führte. Sie musste mit Marta hingehen, die vielleicht keine große Lust darauf hatte, doch sie musste mitkommen, um herauszufinden, ob sie sich an etwas oder an jemanden erinnerte, das oder der merkwürdig war.

– Ist gut, ich frage sie. Danach rufe ich dich zurück, ciao.

Sie war derart in Gedanken versunken, dass ihr gar nicht auffiel, dass Simone mit ihr sprach. Früher war er imstande gewesen, zu begreifen, dass sie in Gedanken woanders war, obwohl sie körperlich anwesend war, doch jetzt nicht, er sprach zu ihr und streckte die Hand in die Richtung aus, aus der der Geruch nach gebratenen Eiern kam.

– Entschuldigung, Simò, was hast du gesagt?

– Ich sagte, mein Freund hat angerufen, der Taxifahrer …

Sie war wieder weggedriftet. Ein anderer Klingelton, diesmal aus dem Schlafzimmer, in dem Ersilia schlief. Sie hörte, wie sie antwortete, und dabei dachte sie an den Leguan, an *den anderen*, an die schlafenden Babys, hoffentlich wachten sie nicht auf, sie sollte besser die Tür schließen.

– Entschuldige, Simò, was hast du gesagt?

– Mein Freund, der Taxifahrer, hat gestern Nacht einen sonderbaren Menschen gefahren …

Ersilia stand da. Nach wie vor in Trainingsanzug, Pantoffeln und schwarzer Spitze, doch mit der Pistole in der Hand. Sie sagte nur, *er hat Persichetti umgebracht.*

Grazia schnellte hinter dem Tisch hervor. Der Gedanke, dass sie die Babys wecken sollte, schoss ihr einen Augenblick lang durch den Kopf, verlor sich aber dann wie alles andere auch.

– Was ist los?, fragte Simone verwirrt.

– Zieh deine Schuhe an, Simò, sofort!

– Warum?

– Weil der Leguan wen umgebracht hat, der wusste, wo wir uns aufhalten. Wir müssen weg.

Ansa.it

Breaking News

Imola: Psychiater tot aufgefunden. Er war der Leiter der Anstalt, in der sich der Doppelmord ereignete.

Es war die kleinste Größe, trotzdem war ihr der Anzug viel zu groß. In dem weißen Overall der Spurensicherung, mit Handschuhen, eng anliegender Kapuze und Überschuhen sah Marta aus wie Kenny, das Kind aus *South Park*, das am Ende jeder Folge stirbt. Als Grazia ihr den Reißverschluss bis zur Maske hochzog, waren nur noch die weit aufgerissenen Augen zu sehen, die sie anstarrten.

Auch Grazia passte der Overall nicht perfekt, auch sie war eher klein, doch sie fühlte sich eindeutig wohler darin. Sie war bereit, mit den beiden Carabinieri hineinzugehen, die sie begleiten würden, denn Zusammenarbeit ist schön und gut, doch Kontrolle ist besser.

Carlisi und Cescòn standen an gegenüberliegenden Seiten des Hofs der Anstalt, der Vicequestore rauchte gemeinsam mit Commissario Cristiano von der Spurensicherung eine Zigarette, die Dottoressa unterhielt sich mit dem Capitano der Carabinieri von Imola, sie standen so weit voneinander entfernt wie nur möglich.

Kurz davor war ein Kleinlaster mit zwei Maurern gekommen, die wieder in dem kleinen Pavillon zu arbeiten begonnen hatten, neben dem, der mit dem gelben Klebeband der Justizpolizei versiegelt war. Der Staatsanwalt hatte auch das Gebäude neben der Anstalt beschlagnahmt, gerade so lang, wie für einen Lokalaugenschein nötig war, um sicherzugehen, dass sich der Leguan nicht darin versteckte, doch als er das Gebäude wieder freigegeben hatte, hatte man mit der Renovierung noch etwas zugewartet, denn nur die wenigsten wollten hier arbeiten. Im Hof stand eine alte Betonmischmaschine, und die Arbeiter lehnten an ihrem rostigen Bauch und beobachteten das Kommen und Gehen der Menschen im weißen Overall, bis einer von ihnen der Sache überdrüssig wurde und Sand hineinzuschaufeln begann.

Auf ein Zeichen Grazias hin begannen die Carabinieri die gelben Bänder abzulösen, die die Tür wie eine Spinnwebe aus gelbem Plastik versperrten. Sie sah genau hin und bemerkte, dass eines davon zerrissen war, als ob jemand darunter durchgekrochen wäre, doch wahrscheinlich war es der Wind gewesen, denn die Tür dahinter war nach wie vor versperrt.

Als sie die Tür öffneten, verspürte sie einen Stich im Bauch, und es war nicht die Wunde. Einen Augenblick lang war das Unbehagen, in den Bau des Leguans einzudringen, stärker als die Neugier, aber nur einen Augenblick lang. Grazia atmete heftig und hob den Blick zur Rocca di Imola, die sich am Ende der Straße befand, und als sie sich wieder umsah, stellte sie fest, dass Marta sie die ganze Zeit über anstarrte.

– Bist du bereit, hineinzugehen?

– Wo sind die Babys?

– Zu Hause ... beziehungsweise an dem Ort, wo wir uns gerade aufhalten. Bist du bereit ...

– Warum hast du sie nicht mitgenommen?

– Weil sie dort in Sicherheit sind.

Früher hätte sie es gemacht, sie hätte sie bei jemandem da draußen im Auto gelassen, doch die Aussicht, das Haus des Leguans zu betreten, hatte sie augenblicklich ihre mütterliche Fürsorge vergessen lassen, so schnell, dass sie beunruhigt gewesen wäre, wenn sie darüber nachgedacht hätte.

– Kann ich sie mal sehen?

– Ja, wenn wir hier fertig sind, ich rufe dich an, wenn ich einen Babysitter brauche. Marta, bist du bereit oder nicht?

Marta nickte, und da nahm Grazia sie an der Hand und führte sie hinein wie ein Kind.

Abgesehen von den Eingriffen der Spurensicherung war die Küche genauso wie an jenem Tag, sogar die Makkaroni lagen noch in der gestockten Tomatensauce. Grazia betrachtete Marta, die sich im Zimmer umblickte, und erst als sie zur Spüle kamen, spürte sie, dass sie ihre Hand fester drückte. Sie sah, wie sie die Lippen unter der Maske bewegte, *oku o tsuretette*, und da legte sie ihr einen Arm um die Schultern, flüsterte, *ganz ruhig, Marta,* und schob sie weiter. Sie tat ihr leid.

Das Zimmer des Leguans war das erste links. Der Schrank war noch offen, weil die Carabinieri nachgesehen hatten, ob sich jemand darin versteckte, und das Bett war ungemacht, das Laken war verrutscht und die Decke lag zusammengeknüllt in einer Ecke. Grazia dachte, dass der Leguan wahrscheinlich keine ruhigen Träume gehabt hatte, und der Gedanke gefiel ihr. Ein Kissen lag am Boden. Marta ließ Grazia los und legte es auf das Bett, noch bevor Grazia es verhindern konnte.

– Bitte nichts berühren. Blick dich nur um, und wenn du etwas Merkwürdiges siehst, das nicht dem Leg… das nicht Alessio gehört, sagst du es mir, okay?

Aber da war nichts. Nichts Merkwürdiges und vor allem nichts, was auf die Existenz *des anderen* hätte schließen lassen. Grazia kramte im Schrank, in den Laden, untersuchte die wenigen Dinge auf dem kleinen Tisch an der Wand. Socken. T-Shirts und Pullover, die mehr oder weniger identisch waren, Unterwäsche, Pantoffeln und Turnschuhe, und auf dem Tisch Plastikbehälter mit Medikamenten, ein herzförmiges Schmusekissen, ein Pop-it mit Silikonbläschen, die man mit den Fingern eindrücken konnte.

– Das habe ich ihm geschenkt, sagte Marta und zeigte auf das Pop-it, – das hat er oft gemacht, und sie machte eine Bewegung, als würde sie auf etwas drücken.

Grazia achtete nicht darauf. Unter dem Tisch war eine Schachtel, eine von der Art, die mit buntem Papier verkleidet sind und auf dem Deckel einen Griff haben. Sie zog ihn mit einer Fingerspitze hoch und öffnete den hakenförmigen Verschluss. Sie war voller kleiner Drahtknäuel, und erst als sie eines herausnahm, begriff sie, dass es Mäuse waren, Metallmäuse, aus Draht gefertigt und nicht größer als ein paar Zentimeter. Sie bestanden aus einem einzigen Draht, der beim Schwanz begann, eine Spirale bildete den Körper, dann machte der Draht einen Knick und bildete die Schnauze, dann führte er in die andere Richtung, eine Art Acht bildete die Ohren. Ungefähr hundert Mäuse lagen in der Schachtel. Grazia warf Marta einen Blick zu, die mit den Schultern zuckte.

Das war tatsächlich merkwürdig. Sie konnte sich nicht wirklich vorstellen, wie der Leguan wie ein Freak bei einer Manufaktur-Messe Drahtgebilde formte. Aber wer weiß, vielleicht hatte Marta recht, vielleicht war er wirklich ein netter Mensch geworden. Abgesehen von den drei Toten, die er zurückgelassen hatte.

Grazia stellte die Schachtel zurück und blickte sich ein letztes Mal konzentriert um, mit dem Fleisch der Wangeninnenseite zwischen den Zähnen, sie hörte kaum den Motor der Mischmaschine, dessen dumpfes Dröhnen hereindrang. Einen Augenblick lang meldete sich der Gedanke zurück: der Lärm der Bauarbeiten, die Obsessionen des Leguans tauchten wieder auf, die Carabinieri hatten keine Kopfhörer gefunden, jetzt würde sie sie suchen.

Sie nahm Marta wieder an der Hand wie eine kleine Schwester und führte sie in das Zimmer der Mitbewohner. Hier lag mehr Zeug herum, Kleider, Bücher, Schallplatten. Paolone hatte Kronkorken gesammelt, und Lorenza hatte ein Faible für Radiergummis gehabt, sie bewahrte sie in einem Körbchen auf, Radiergummis in Form von Melonenschnitzen, Hamburgern, Äpfeln. Keine gelben Kopfhörer. Aber auch hier war nichts Merkwürdiges, nichts, was auf *einen anderen* hinwies, und Martas gleichgültiger Blick bestätigte diesen Eindruck.

Blieb nur noch ein Zimmer, das sie besichtigen mussten.

– Marta, jetzt müssen wir ins Bad. Die Leich… die Leichen wurden weggebracht, doch es ist noch alles blutverschmiert, ich verstehe, dass dir nicht danach ist, aber ich hätte gern …

Ein Schrei.
Schrill, nur gegen Ende, als die Luft ausging, etwas heiserer.
Ein Angstschrei.
Er kam von draußen.

Ein Arbeiter hatte mit einem Schlauch Wasser in den sich drehenden Bauch der Betonmischmaschine gefüllt und da war eine Hand aufgetaucht.

Der Arbeiter – der, der geschrien hatte – hatte einen Sprung rückwärts gemacht, während die Hand nach oben geschleudert wurde, um die eigene Achse rotierte – das Handgelenk, der Unterarm bis zum Ellbogen – und dann nach unten fiel.

Einen Augenblick lang hatten alle unbeweglich dagestanden, dann war der Capitano der Carabinieri vorgesprungen, hatte mit der flachen Hand auf den pilzförmigen Sicherheitsschalter gedrückt und die Mischmaschine angehalten.

Der andere Arbeiter hatte das Rad seitlich an der Betonmischmaschine gepackt und heftig daran gedreht, ohne dass ihn jemand darum gebeten hatte, doch er hätte es auch gemacht, wenn man es ihm verboten hätte, und den Behälter gekippt.

In diesem Augenblick kam Grazia. Sie kam gerade rechtzeitig auf den Hof, um zu sehen, wie der glitschige Körper, zusammengerollt wie ein Embryo, auf den Kies plumpste.

Die Leiche war von gräulichem Schleim überzogen, er bedeckte die Augenhöhlen, die Nase, den aufgerissenen Mund, sodass der Körper aussah wie ein Gipsabguss aus Pompeji. Grazia musste jedoch nur einen Augenblick lang hinsehen, auf der Türschwelle des Heims stehend, um mit Sicherheit zu wissen, dass er es war.

Der Leguan.

Teil zwei
Ray Cooper

Amor
Everybody
Dies around me
I can cry with
Dignity.

Amor
Alle in meiner
Umgebung sterben
Ich kann
Mit Würde weinen.

MELANCHOLIA, *Léon*

Die Schulterblätter ansaugen, wie der Viking sagt, sie zusammenquetschen, als wollte man damit eine Nuss halten, sonst kann man nicht so schwere Gewichte stemmen, wie man möchte. Die Stange mit ausgebreiteten Armen packen, sodass die Haltung gerade noch natürlich ist, ich halte sie schulterbreit, mit leicht nach innen gedrehten Ellbogen. Das Brustbein ziehe ich zum Kinn, sonst kann man nicht so schwere Gewichte stemmen, wie man möchte. Die Füße fest auf den Boden gedrückt, unbeweglich, wenn man sie während des Hochstemmens bewegt, kann man nicht so schwere Gewichte heben. Wenn man den Atem nicht anhält, kann man nicht so schwere Gewichte heben.

Doch ich habe nichts zu heben. Ich sitze auf dem Sofa, mit den Schultern an der Lehne wie auf einer Schrägbank, ich greife nach etwas, das nicht da ist, und spanne die Muskeln an, umsonst. Das ist nicht dasselbe.

– Was machst du, Simò?
– Nichts.

Das Haus, in das wir übersiedelt sind, ist nicht weit von dem anderen entfernt. Eine halbe Stunde auf den Serpentinen einer Bergstraße, mit Höchstgeschwindigkeit. Der Kies hat zuerst unter den Reifen des Autos geknirscht, als wir stehen geblieben sind, und dann unter meinen Schuhen. Der Geruch eines Lavendelbusches neben der Tür, den ich beim Hineingehen mit den Fingern gestreift habe. Modriger Geruch nach geschlossenen Räumen. Fünfzehn steile, glatte Stufen, mehliger Verputz auf der Handfläche, ich stütze mich an der Wand ab, um das Gleichgewicht zu halten. Dann die Federn eines durchgesessenen Sofas mit rauem Bezug, auf dem ich unbeweglich sitze, bis Grazia mit dem Chef und der Dottoressa zurückkommt. Sie haben sich lange in einem Zimmer unten unterhalten. Bevor sie kommen, höre ich woanders die Babys weinen und wie die Polizistin sagt, wenn sie noch mehr Kinder wolle, müsse sie nicht bei der Polizei bleiben, dafür würde ihr Gatte sorgen.

– Wann kann ich nach Hause?
– Sobald alles vorbei ist, Simò.
– Der Leguan ist tot. Und jetzt?
– Jetzt ist es schlimmer als davor. Denn davor hatten wir zumindest jemanden, den wir suchen konnten, ein Gesicht, einen Vor- und einen Nachnamen, doch jetzt …
– Ja, aber der Leguan ist tot. Was habe ich damit zu tun? Warum darf ich nicht nach Hause?

Ich spüre, dass sie sich neben mich setzt. Noch bevor das Sofakissen sich senkt, spüre ich ihre feuchte Wärme. Allein aufgrund der Gerüche und des Raschelns könnte ich sagen, was sie anhat: Jeans, T-Shirt, Jacke, dazu eine Pistole, die nach kaltem Öl riecht. Sie legt mir eine Hand auf die Schulter und ich verkrampfe mich.

– Da ist wer, von dem wir nicht wissen, was für ein Gesicht er hat, wie er heißt, der vor ein paar Tagen in die Wohnung des Leguans eingedrungen ist. Er hat ihn erstickt, sagt der Gerichtsmediziner, zumindest sieht es auf den ersten Blick so aus, vielleicht ebenfalls mit einer Plastiktüte. Warum?

Die Frage ist nicht ernsthaft an mich gerichtet. Das erkenne ich an dem nachdenklichen Ton, sie führt ein Selbstgespräch. Das ist mir immer auf die Nerven gegangen.

– Warum? Wir wissen es nicht. Ein Trittbrettfahrer, sagt Cescòn, auch wenn der Begriff nicht wirklich stimmt, ein Bewunderer, wie die Stalker, die letzten Endes ihre Idole umbringen. Keine Ahnung, woher sie das hat, doch sie ist überzeugt davon. Carlisi sagt, es könnte auch ein Verwandter von einem der Opfer des Leguans sein, aber ich weiß nicht … Es könnte jeder x-Beliebige sein.

Sie zieht die Schuhe aus, streift sie mit den Zehenspitzen von den Fersen, ich höre, wie sie über die Ferse reiben und dann auf den Boden fallen. Sie zieht die Beine an und legt mir auch die zweite Hand auf die Schulter.

– Auf jeden Fall bringt er die beiden Mitbewohner um, die ihn stören, und er verschont Marta, weil er sie nicht sieht, oder weil er sie nicht findet. Und dann kommt er zu dir. Warum?

Selbst wenn sie mich ernsthaft gefragt hätte, hätte ich ihr nicht antworten können. Doch sie denkt nach. Ihr Gesicht ist ganz nah an meinem, an meinem Ohr, und ich spüre, wie sie an ihrer Wangeninnenseite kaut.

– Nicht nur. Er sucht den Arzt, der den Leguan behandelt, und bringt auch ihn um. Warum? Das wäre logisch, wenn es ihm um Rache ginge, der Leguan bringt alle um, die er für seine Situation verantwortlich macht, und lässt sich dabei von jemandem helfen, doch wenn *der andere* alle umbringt, als Ersten den Leguan, was hat es dann für einen Sinn, Persichetti umzubringen?

– Mir hat er jedoch nichts getan. Ich kann gehen.

– Simò, dich hat er als Ersten aufgesucht. Vielleicht hat er nur von dir abgelassen, weil ihn etwas abgehalten hat, keine Ahnung, was. Du musst dich verstecken, so wie ich und die Babys, ich habe auch Marta unter Personenschutz gestellt. Nimm eine Zeit lang Urlaub von deinem Training, ist das möglich?

Es ist möglich. Es ist sogar notwendig. Es nennt sich Erholungsphase. Doch darum geht es nicht.

– Ich muss dir noch etwas sagen, Simò. Dieses Haus ist kleiner als das andere. Eigentlich ist es größer, doch es gibt zwei oder drei verschlossene Zimmer, es ist ein altes Landhaus am Arsch der Welt …

– Ich schlafe hier … – Ich habe schon verstanden, worauf sie hinauswill.

– Nein Simò, hier ist alles voll Staub und Spinnweben, morgen früh räumen wir auf, doch heute Nacht ...
„Bologna 5"
Das ist jetzt nicht der richtige Augenblick. Ich nehme das Handy und suche die Stumm-Taste. Das ist nicht der richtige Augenblick.
– Ein Zimmer brauchen wir für die jeweilige Eskorte, bleibt nur noch unseres, ich weiß, die Babys gehen dir auf die Nerven, doch sie liegen im Korb, und wenn sie weinen ...
Warum versteht sie nicht? Darum geht es nicht. Nicht darum.
– Ich schlafe hier auf dem Sofa.
– Auf diesem alten Diwan? Verdammt, Simò, wenn dir eine Hundehütte lieber ist als ein echtes Bett ...
„Nachricht von Robi"
– Was will dein Freund?
– Er will mit der Polizei über etwas sprechen, das ihm zugestoßen ist.
– Dann soll er zur nächsten Polizeistation gehen.
– Er will mit jemandem reden, der ihn ernst nimmt. Er hat eine etwas sonderbare Geschichte.
– Und was für eine Geschichte ist das?
– Er hat einen Typ gefahren, der ihm Angst macht.

Grazia sagt, *na gut,* und ich höre, wie sie aufsteht. Sie macht ein paar Schritte auf den Zehenspitzen, und ich füge hinzu, dass der Typ sich nach Imola hat fahren lassen, in die Gegend der Rocca, Sonntagabend.

Grazia bleibt stehen.
– Was hast du gesagt?
– Ich habe gesagt, der Typ hat sich nach Imola und retour fahren lassen, in die Gegend der Rocca. Sonntagabend.

Und dann füge ich hinzu: *Er sagt, es sei ein sonderbarer Typ gewesen.*

Die Liebe ist nicht ewig. Ich weiß.

Als ich Andrea das erste Mal gesehen habe, habe ich augenblicklich totale Liebe verspürt.

Ich dachte, man hätte mir ein Paar neue Schuhe geschenkt, doch die Schachtel war alt und hatte Löcher im Deckel, und als mein Vater den Deckel gehoben hat, Andrea zum ersten Mal Licht und Luft gespürt, seine Mäusenase gehoben und die Luft zwischen seine Mäusezähnchen eingesogen hat, mit seinen runden Ohren und den spitzen Pfoten, die am Karton schabten, ein weißes Knäuel mit Schwanz, einem Mäuseschwanz, da hat mein Herz einen Sprung gemacht. Ein Augenblick totaler Liebe.

Ein Augenblick.

Die Liebe ist nicht ewig, ich weiß. Es gibt Augenblicke, die länger dauern, Tage, Monate, Jahre, vielleicht sogar das ganze Leben, doch irgendwann gehen sie zu Ende.

Ich habe Andrea geliebt, wenn ich ihn durch die Gitterstäbe hindurch mit der Fingerspitze streichelte, wenn ich die Hand hineinstreckte und er mir mit seinen Mäusepfoten die Handfläche kitzelte, als er zum ersten Mal aus dem offenen Türchen gekommen und nicht davongelaufen ist, sondern auf einen meiner Schuhe geklettert ist und mich angeschaut hat, mit erhobenem Kopf, den Pfoten auf der Brust, auf seinem Mäusehintern sitzend.

Er erkannte mich schon von Weitem, sobald ich das Zimmer betrat. Nur, weil er meiner Mutter Angst machte, ließ ich ihn nicht frei. Wir hatten ein Spiel, *Andrea, hierher!*, und er sprang auf meinen Knöchel, klammerte sich an der Socke fest, schlüpfte ins Hosenbein und tauchte im Ausschnitt des T-Shirts auf der Schulter wieder auf.

Ich liebte ihn. Ich habe ihn geliebt. Dann habe ich ihn umgebracht.

Ich weiß nämlich, dass die Liebe nicht ewig ist. Und dass sie sich nie auf dieselbe Weise wiederholt. Ich habe so sehr geheult, dass sie mir eine andere kleine Maus geschenkt haben, die ebenfalls weiß war, identisch, doch es war nicht Andrea, ich habe sie nicht so geliebt, ich habe sie nicht geliebt, und nach einem Tag habe ich sie ins Klo geschmissen und runtergespült, ich habe nicht einmal dem Wasserstrudel nachgesehen.

Auch Alessio habe ich auf absolute Weise geliebt.

Als er in dem Hof, mit den Händen an den Gitterstäben des Tors, den Kopf gehoben hat, um mit seiner Mäusenase zu schnuppern, die Luft zwischen seinen Mäusezähnen eingesogen hat, hat er mich angesehen, und ich weiß, dass er mich mit geschlossenen Augen gesehen hat. Ich stand auf dem Gehsteig auf der anderen Seite der Straße, doch ich weiß, dass er mich gesehen hat, unter den Lidern, die von der Narbe quer über sein Gesicht versiegelt wurden, sah er mich, denn ich habe ihn angesehen und er hat mich angelächelt.

Es war nur ein Augenblick. Ein Augenblick totaler Liebe.

Als ich begriff, dass ich ihn nicht mehr liebte, habe ich ihn umgebracht.

Ich habe ihn mit einem Kissen erstickt und umgebracht.

– Ach, er sieht wirklich aus wie Ray Cooper, sagte Carlisi, – verdammt … genau so!

Grazia wusste nicht, wer Ray Cooper war, sie hatte ihn googeln müssen, sie hatte sich auch ein paar Videos von Elton Johns Konzert in Moskau angesehen, auf die der Taxifahrer hingewiesen hatte, *Saturday Night's Alright (For Fighting)* und *Better Off Dead*, und tatsächlich ähnelte der Schlagzeuger, der diabolisch ins Publikum grinste, sehr dem großen Mann mit Halbglatze, der von den Überwachungskameras auf der Piazza, und nicht nur von denen auf dem Nettuno-Standplatz, aufgenommen worden war. Im Zentrum von Bologna gab es keinen einzigen Quadratmeter, der nicht von Kameras erfasst wurde, und Ray Cooper, wie ihn der von „Bologna 5" nannte, war auf mindestens einem Dutzend Fotos deutlich zu sehen. Granelli, der Informatiker der Einsatzpolizei, hatte sie kopiert und für das Zoom-Treffen auf den Bildschirm gestellt. Außerdem gab es da noch Robertos Handy-Aufnahmen, doch sie waren unscharf und von Weitem aufgenommen.

– Identisch, wirklich identisch.

Es gab zwei Probleme. Ihr Ray Cooper, wie Carlisi ihn von Anfang an nannte, trug auch im Freien eine Maske, eine schwarze FFP2, die die Hälfte seines Gesichts bedeckte. Und es gab bestimmt noch weitere Aufnahmen von Videokameras, doch sie verfügten im Augenblick nur über die von der Piazza. Soviel sie wussten, war Ray Cooper, nachdem er den Taxistandplatz verlassen hatte, in die Via degli Orefici eingebogen und nach ein paar Schritten verschwunden.

– Wenn er telefonisch ein Taxi gerufen hätte, hätte er eine Adresse hinterlassen, an der man ihn hätte festnehmen können, doch so ... Er ist zu Fuß zum Taxistandplatz gekommen, also ist anzunehmen, dass er irgendwo in der Nähe wohnt, jedenfalls im Zentrum.

Auf dem Bildschirm war nun Carlisi anstelle von Ray Coopers Fotos zu sehen, man sah ihn am Schreibtisch seines Büros, und neben ihm waren eine Schulter und die Hände Granellis zu sehen, der auf die Tastatur tippte, denn mit der Elektronik stand der Vicequestore auf Kriegsfuß. Darüber befand sich ein Viereck mit Anna Marias Bild, die, im Trainingsanzug, im Garten des B&B saß, mit einer Tasse vor sich. Seitlich, rechts auf dem Bildschirm, befand sich ein kleines Rechteck. Und darunter der Name des Inspektors, Cantarini, *Isp. Cantarini*. Videokamera und Mikrofon waren deaktiviert.

Grazias Computer lag auf ihrem Bauch. Die einzige Stelle im Haus, wo die Verbindung halbwegs funktionierte, war das Zimmer, in dem sie schlief. Sie lag auf dem Bett, mit dem zusammengerollten Kissen im Nacken, dem Laptop auf dem Bauch, ohne sich darum zu kümmern, dass die Wärme der Batterie vielleicht der Wunde des Kaiserschnitts schadete, an die sie immer weniger dachte. Hin und wieder schaukelte sie mit der Fußspitze den Korb, in dem die Babys schliefen. Das Bett war zu klein, um mit ihnen darin zu schlafen, doch sie wagte es nicht, den Korb auf den Boden zu stellen, denn Ersilia hatte im Haus Mäusekot gefunden, das Zimmer war zwar sauber, doch Grazia wurde die Vorstellung nicht los, dass eine Maus aus dem Abfluss mit krummem Rücken in den Korb der Zwillinge kletterte. Also hatte sie einen Kleiderständer genommen und den Korb an einer Schnur befestigt, jetzt baumelte er am Rande des Betts. Grazia war froh, dass Simone beschlossen hatte, auf dem Sofa zu schlafen, denn beide hätten sie hier nicht Platz gehabt.

– Ich entwerfe ein Profil unseres Mörders, sagte Anna Maria, – ich habe schon genug Details, um eines erstellen zu können.

– Sehr gut, sehr schön, machen Sie ein Profil, sagte Carlisi mit einem Lächeln, das die Dottoressa die Lippen zusammenpressen ließ. – Wir gehen derweil auf die althergebrachte Weise vor. Während wir auf die Aufnahmen der Videokameras gewartet haben, habe ich ein paar Jungs losgeschickt, die mit den Fotos von Tür zu Tür gegangen sind. Konzentrische Kreise, mit dem Taxistandplatz als Mittelpunkt.

– Warum veröffentlichen wir nicht sein Gesicht? – Grazia sprach leise, um die Babys nicht zu wecken, doch sie musste die Frage lauter wiederholen, weil ihre Stimme aufgrund der Handyverbindung hin und wieder metallisch verzerrt klang. Sie legte ihren Fuß auf den Kunststoffkorb und wiegte ihn sicherheitshalber ein wenig.

– Warum veröffentlichen wir nicht sein Gesicht?

– Das ist zu früh, sagte Carlisi, – im Augenblick haben wir nur einen sonderbaren Typ, der sich nach Imola hat fahren lassen. Und die Info stammt von einem anderen sonderbaren Typ, unserem Freund, dem Taxifahrer. Es könnte nach wie vor ein Zufall sein, auch wenn wir wissen, dass dem nicht so ist. Und fürs Erste betrifft die Geschichte nur Imola. Iannarone will auf keinen Fall, dass in Bologna Panik wegen eines Serienkillers ausbricht.

– Es wäre auch zu früh, ihn als solchen zu bezeichnen, sagte Anna Maria, doch Grazia wollte etwas loswerden und unterbrach sie, sie stellte sie stumm, sodass sich ihre Lippen lautlos bewegten.

– Marta. Wenn sie ihn im Heim gesehen hätte, wäre das eine Bestätigung.

– Ich weiß. Tatsächlich ist Cantarini bei ihr, er wartet darauf, verbunden zu werden. – Carlisi hob einen Finger und zeigte auf die Stelle auf dem Bildschirm, wo sich Ispettore Cantarinis schwarzes Rechteck befand. – Ich wollte jedoch davor ein paar Sachen besprechen. Der Personenschutz. Der Taxifahrer hat Personenschutz abgelehnt, und wir haben so getan, als würden wir das akzeptieren. Ich habe ihm jedoch einen Posten vors Haus gestellt, und zwei Autos folgen insgeheim seinem Taxi. Wenn Ray Cooper noch einmal bei ihm auftauchen sollte, schnappen wir ihn.

– Ein Köder, sagte Anna Maria, und an der Art ihres Nickens erkannte man, dass das keine Kritik, sondern Zustimmung war.

– Bei der kleinen Krankenschwester ist es etwas komplizierter. Die Ermittlungen, die Autos, die dem Taxifahrer folgen, der von Berufs wegen in der Stadt rumfährt … uns gehen schön langsam die Ressourcen aus. Sobald ich den Staatsanwalt überzeugt habe, uns die Ermittlungen zu überlassen, ausschließlich uns, mit uns am Kommando, – und er zeigte mit dem Finger auf sich, – starten wir eine groß angelegte Operation, aber fürs Erste …

– Das heißt?, fragte Grazia.

– Wie sehr ist das Mädchen in Gefahr? Was für einen Personenschutz bieten wir ihr an?

Anna Maria hatte die Hand gehoben, sie hielt sie schon lange, zu lange, unbeweglich in die Höhe. Sie versuchte sich ebenfalls mithilfe des Handys zu verbinden, doch ihre Verbindung war noch schlechter als die Grazias, also verließ sie den Chat und begab sich wieder auf Zoom, denn sie wollte etwas sagen, und sie unterbrach alle anderen.

– Wenn es sich um eine Art Stalker handelt … die Definition ist nicht exakt, aber ich habe noch keine bessere, dann hat er das Objekt der Begierde, das er nicht bekommen hat, vernichtet, und ist jetzt wahrscheinlich auf der Suche nach einem neuen. Ebenso, wenn es sich um einen Verwandten eines Opfers oder um sonst jemanden aus Crottis Vergangenheit handelt, wie der Dottore glaubt. Doch dann müssen wir uns fragen, warum er auch Dottore Persichetti getötet hat, bei dem wir uns übrigens entschuldigen müssten, wenn er noch hier bei uns wäre, weil es offensichtlich doch nicht so falsch war, den Leguan in eine offene Anstalt zu verlegen, immerhin hat er nicht …

– Solidarität unter Seelenklempnern, knurrte Carlisi, und seine Stimme war mal besser, mal schlechter zu hören. – Beschränken Sie sich auf Ihr Profil, Dottoressa, wir wollen Ray Cooper nicht verstehen, wir wollen ihn schnappen.

Dasselbe hatte Grazia einmal anlässlich eines ihrer Fälle gesagt. Doch aus Carlisis Mund klang der Satz nur dumm.

– Das heißt?, fragte Grazia noch einmal.

– Das heißt, wenn die Person, die wir suchen, sich noch immer in ihrem Universum befindet, das mehr oder weniger der Welt des Leguans entspricht, dann sind Kommissarin Negro und Signor Martini eindeutig in Gefahr, und auch Bologna 5, der allerdings nach wie vor ein Zeuge ist. Was das Mädchen anbelangt, hängt es davon ab, ob sie ihn gesehen hat.

– Das heißt?, sagte Grazia lauter.

– Ich glaube, der Herr Doktor möchte wissen, ob es der Mühe wert ist, Ressourcen für jemanden wie den Taxifahrer bereitzustellen, oder ob es Verschwendung ist, sagte Anna Maria. – Ob auch sie ein Köder sein soll, – und auch das war keine Kritik.

Eines der Babys war aufgewacht. Grazia schaukelte den Korb, doch es nützte nichts. Sie setzte sich aufs Bett, mit dem Laptop auf dem Tisch, und steckte die Hand in den Korb. Dann sagte sie, *entschuldigt,* holte ein Baby heraus und nahm es auf den Arm, wobei sie den Bildschirm so verrückte, dass man sie wieder sehen konnte. Sie sagte, sie wolle einen entsprechenden Personenschutz für Marta, der Hinweis auf den Köder war ihr in dem Durcheinander entgangen.

– Können wir nicht die Carabinieri einsetzen?, fragte sie.

– Spinnst du?, fragte Carlisi, – nicht im Traum.

– Und wenn wir auch sie hierherbringen?

– Ausgeschlossen!

Ersilia verfolgte am Türstock lehnend das Gespräch. Sie beugte sich über das Bett, damit auch sie zu sehen war.

– Ausgeschlossen. Ich habe schon mit zwei Personen genug zu tun, auf diese Weise spart man nicht bei den Diensten, man erzeugt nur Chaos. Eine dritte Person ist ausgeschlossen. Und wenn ich euch einen Ratschlag geben darf, macht das Mikrofon aus, wenn ihr nicht sprecht. Ich hatte drei Kinder in Home-Schooling, ich kenne mich dabei aus.

– Ist gut, sagte Carlisi, – machen wir Nägel mit Köpfen und fragen wir sie direkt, ob sie Zeugin ist oder nicht. Los, Granelli, verbinde mich mit Cantarini.

– Ich bin hier, sagte der Ispettore in seinem schwarzen Rechteck.

– Wie das, war er immer verbunden?

Granelli war nicht zu sehen, doch die Bewegung seiner offenen Hände verriet, dass er *aber sicher, ja* sagte, und einen Augenblick später verschwand der rote Strich über dem Kamerasymbol und Cantarini tauchte auf dem Bildschirm auf. Neben ihm war Marta zu sehen, mit ihrer grünen Maske, den vom Gummiband nach vor gezogenen Ohren und aufgerissenen Augen. Das, was sie über ihre Person gehört hatte, Personenschutz ja, Personenschutz nein, Köder, schien sie weniger zu ängstigen, als nervös zu machen.

– Warum kann ich nicht zu euch kommen?, fragte sie und blickte Grazia auf dem Bildschirm des Laptops an, den Cantarini auf den Tisch seines Büros im Polizeipräsidium vor sie hingestellt hatte. Sie strich sich mit der Hand über den Kopf und schlug sich beim Reden mit der Hand zweimal rasch auf die linke Schläfe.

– Weil hier Chaos herrscht, Marta, wir überlegen es uns später, aber im Augenblick geht es nicht.

– Warum nicht?

– Wir überlegen, Marta, wir überlegen. Fürs Erste muss ich dich etwas fragen.

Das Baby in Grazias Armen begann zu wimmern. Marta näherte sich der Kamera des Laptops, ihre Augen und ihre Ohren wurden auf der Aufnahme riesengroß. Sie begann zu singen, *oku o tsuretette,* doch Grazia gebot ihr Einhalt.

– Nein, Marta, danke, das ist nicht notwendig. Hörst du mir zu? Ich möchte, dass du dir ein Foto anschaust. Du kannst es sehen, ja?

Granelli wollte die Finger auf Carlisis Tastatur legen, doch Cantarini zeigte ihr das Handy, auf dem die Bilder der Überwachungskameras der Piazza waren.

– Schau dir bitte die Fotos an und sag mir, ob du diesen Mann schon einmal gesehen hast. Ich will wissen, ob er schon einmal in der Anstalt war.

Marta nickte. Dann nahm sie das Handy des Ispettore und scrollte die Fotos mit der Fingerspitze durch. Grazia hielt den Atem an, doch sie erkannte an Martas Blick, was sie gleich sagen würde.

– Ja. Ja, ich habe ihn gesehen.

Ein paarmal.

Auf dem Gehsteig vor dem Heim, er kam und ging. Er stand am Ende der Straße, an das Mäuerchen gelehnt, als würde er warten. Sie hatte es vergessen, sie hatte nie darauf geachtet, doch jetzt, beim Betrachten der Fotos …

Ein paarmal. Oft.

Einmal vor allem.

Marta hatte das Auto ein Stück weiter vorne geparkt und diesmal stand er direkt vor dem Gittertor. Er unterhielt sich mit Alessio.

Er unterhielt sich mit dem Leguan.

Als sie ausstieg, ging er.

Carlisi schlug mit der Faust auf den Tisch, Granelli zuckte zusammen.

– Geschnappt! Meine Herrschaften, es ist offiziell! Ray Cooper ist unser Mann!

Marta suchte Grazia auf dem Bildschirm, sie hielt den Laptop mit beiden Händen, als ob sie Angst hätte, dass der Ispettore ihn ihr wegnahm.

– Darf ich jetzt?, sagte sie. Dann näherte sie das Gesicht wieder der Kamera, bis die grüne Maske das ganze Bild einnahm, und begann zu singen.

Ich habe von diesem Geräusch geträumt.

Das ich in meiner Wohnung gehört habe, als ich glaubte, der Leguan wäre ganz nah.

Ich habe von der Erinnerung daran geträumt.

Heute Morgen bin ich mit seinem Echo im Kopf aufgewacht, es hat in meinen Ohren gehallt, obsessiv und verzerrt, fern, verloren, aber präsent, wie die Schlager, die man zufällig hört, die jedoch zu einem lästigen Ohrwurm werden und dir in den Ohren klingen und nicht verschwinden wollen. So funktioniert nämlich unser Hirn, wenn es bei einem Ton hängen bleibt, den es nicht einordnen kann, bei einem fehlenden Ton oder einem fehlenden Wort, dann geht es nicht weiter, sondern schaltet auf *Reset* und geht zurück. Und fängt von vorne an.

Genau das passiert gerade mit mir. Der Klang, das Geräusch, was immer es ist, gelangt bis zur Schwelle meines Bewusstseins und hält dort einen Augenblick inne, bevor es eintritt. Es vibriert am Rand des Gedächtnisses und macht mich verrückt.

Ich glaube, das viele Reden über diesen Ray Cooper hat dazu geführt, dass ich von ihm geträumt habe. Ich weiß nicht, ob er in meiner Nähe war und mir Angst gemacht hat, doch ich bin mir sicher, dass an diesem Abend jemand im Fitnessraum war. Doch ich kann mich nicht an das Geräusch erinnern, das er gemacht hat.

Heute Morgen bin ich früh aufgewacht, das habe ich sofort an der Stille und an der kühlen Luft erkannt, die durch das offene Fenster hereindringt und die im Lauf des Tages heiß wird.

Ich habe meine Mulde in der Mitte des durchgesessenen Sofas verlassen, mit schlurfenden Schritten und ausgestreckten Händen habe ich den Raum vor mir abgetastet und dabei versucht, mich an die Bewegungen vom Vortag zu erinnern. Ich habe die Tür und die Treppe gefunden und bin hinausgegangen.

Draußen bin ich sofort stehen geblieben, berauscht von der kühlen Luft. Ich habe den Arm seitlich ausgestreckt, in Richtung des Lavendelstrauchs, dessen Duft ich eingeatmet habe, und als ich eine raue, staubige Blüte zwischen den Fingern zerrieben habe, hatte ich auf einmal einen Fixpunkt, auf den ich mich beziehen konnte, vor der Tür sind zwei Stufen, am Tag davor, als wir angekommen sind, bin ich fast darüber gestolpert. Ich beuge die Knie und halte den Rücken so gerade, als würde ich eine Reihe von Squats machen, doch nur, um nicht irgendwo anzustoßen, und ich beuge mich hinunter, bis ich mit der Handfläche den Stein berühre. Ich setze mich.

Ich dachte, wenn ich die Position verändere, könnte ich leichter meinen Traum wiederfinden.

Ich habe es schon lange nicht mehr gemacht. Geträumt. Auf meine Art. Die Sehenden erzählen einen Traum wie einen Film, denn das Hirn transponiert die Signale des Unbewussten so, dass man sie verstehen kann. Ich mache vor den Bildern halt. Gerüche, Formen, Geschmäcker, heiß und kalt, aber vor allem Geräusche, die mir dann ganz klar im Gedächtnis bleiben und viele Bedeutungen haben.

Ich habe oft von Grazia geträumt, Träume aus der Zeit, als wir zusammen waren, aber auch danach, und mehr noch als an die Beschaffenheit ihres Körpers in meinen Händen, mehr als an ihren Geruch, den Geschmack auf den Lippen, erinnerte ich mich an ihre Stimme. Nicht an die Worte, die sind undeutlich und verschwommen, wie wenn man im Schlaf flüstert, ich erinnere mich nur an den Klang.

Heute Nacht habe ich auch von ihr geträumt, aber ich will mich nicht an den Traum erinnern.

Ich stehe auf, und das Knirschen des Kieses unter meinen Füßen löst eine andere Bewegung aus. Ich habe nicht genug Zeit, um Angst zu haben.

– Alles in Ordnung, Signor Martini? Ich bin ein Polizist der Eskorte, ich sitze im Auto, hier im Hof ...

Ich mache eine Geste mit der Hand, nicke und drehe mich um, stolpere über die Stufe. Ich brauche einen Bezugspunkt, also strecke ich den Arm aus und suche den Lavendelstrauch.

Und als ich die kleinen, harten Blüten zwischen meinen Fingern zerreibe, kommt die Erinnerung an das Geräusch zurück, von dem ich geträumt habe. Ich hatte es einen Augenblick lang vergessen. Aber es kommt nicht allein zurück, sondern bringt eine Empfindung mit sich, Staub, der wie ein Windhauch über mein Gesicht streift.

Nur das.

Staub, Luft, nichts sonst.

Ich gehe hinein, gemeinsam mit diesem verdammten Geräusch, mit der Erinnerung an dieses elende Geräusch, das am Grund meiner Ohren vibriert, irgendwo da hinten, jenseits der Schwelle des Gedächtnisses.

Anna Maria legt die nackte Fußsohle auf den Knöchel, dann auf das Knie und dann noch weiter oben auf die Innenseite des Schenkels, so weit es geht. Sie drückt die Zehen des anderen Fußes fest auf den Boden, um das Gleichgewicht zu halten, dann streckt sie die Arme nach oben, wobei sie die Innenflächen der Hände zart aneinanderdrückt.

Vrikshasana, der Baum. Das erste Asana aus einer Serie, die die Konzentration fördert. Anna Maria macht das immer, wenn sie über etwas besonders Wichtiges und Heikles nachdenken muss. Yoga hilft ihr nicht nur, sich in die richtige mentale und spirituelle Verfassung zu versetzen, sondern trägt auch dazu bei, dass sie augenblicklich Ideen hat, sich auf ihre Ziele konzentriert, sich ausschließlich auf sie konzentriert.

Bei ihr funktioniert das, kaum richtet sie ihren Blick auf einen Punkt jenseits des grünen Rasens des B&B, während sie das Bein wechselt und den anderen Fuß hebt, sieht sie augenblicklich die Mullen-Typologie vor sich, fast wie auf eine weiße Tafel projiziert.

Denn sie entwirft nicht wirklich ein psychologisches Profil zu Ray Cooper, wie auch sie ihn mittlerweile nennt. Sie arbeitet vor allem an einer Theorie, einer Hypothese vom Stalker. Ohne sich zu fragen, woher sie die Theorie hat und warum sie sich ausgerechnet auf sie konzentriert. So ist sie dort gelandet, wo sie jetzt ist, in der UACV, indem sie ihrer Intuition vertraut. Dottoressa Cescòn wirkt zwar so logisch und rational, so akademisch und prozedural aufmerksam, doch sie ist es nicht.

Sie ist ganz anders, als sie zu sein scheint. Sie wirkt stark, doch sie ist nur gut trainiert. So entschlossen, zynisch und spöttisch, doch nach der Zoom-Konferenz zu Ray Cooper hat sie geweint.

Sie hat auch geweint, als der Trottel ihr das Baby der Kommissarin in den Arm gedrückt hat; und natürlich auch danach, als sie allein war. Und zwar nicht, weil sie keinen Ehemann und keinen Partner hat, sie hat sich dagegen entschieden, und wenn sie die Entscheidung getroffen hat, dann aus dem Grund, dass sie ihrem Charakter treu bleiben wollte, der vielleicht schwierig ist, aber so ist sie nun mal. Und auch Kinder sind ihr egal, sie mag Kinder, ja, aber die der anderen, sie ist die Erste, die die Kinder ihrer Freundinnen auf den Arm nimmt, aber nur, wenn sie sie ihnen gleich wieder zurückgeben kann.

Doch wenn sie angegriffen wird, wenn man sich über sie lustig macht, weint sie. Sie wirkt so stark, ist es aber nicht.

Sie setzt den Fuß am Boden ab, er wirkt kühler unter der Fußsohle, die noch warm ist von der Haut des Oberschenkels, die sie durch den Stoff der Yogahose hindurch gespürt hat. Die Wiese ist so weich und glatt, so kompakt, sie hat nicht einmal ihre Yogamatte ausgerollt, sie steht zusammengerollt unter der Arkade des B&B.

Sie biegt die Arme im rechten Winkel vor dem Gesicht ab und verschlingt sie, packt den Daumen mit der anderen Hand. Sie schlingt ein Bein um das andere, der Fuß liegt am Knöchel, dann senkt sie das Becken ab, senkt auch die Ellbogen, bis sie die Knie berührt, die Finger unter dem Kinn, während das Standbein fest auf dem Boden ruht und der Körper geschlossen im Gleichgewicht ist.

Garudasana, die meditative Haltung des Adlers. Den Blick fest auf den Horizont gerichtet, wo sich die Typologie der Professoren Mullen, Pathé und Purcell abzeichnet, die einfach und linear, jedoch verzweigt ist wie ein Stammbaum.

Ein Stalker also. Das hat sie von Anfang an gedacht, sobald sie begriffen hat, dass da ein anderer ist, zuerst war das nur eine Intuition gewesen, dann kamen Details, die die These stützten.

Häufige Besuche, wie die Krankenschwester bestätigte, die sich um die Bewohner der Anstalt kümmerte. Und die Möglichkeit, leicht ein und aus zu gehen, denn auch sie hat das zerrissene gelbe Band vor dem Tor gesehen, und sie glaubt nicht, dass das ein Zufall war, Dottoressa Cescòn glaubt nicht an Zufälle, sie glaubt an Intuition, nicht an Zufälle, und da die Tür von den Carabinieri versperrt worden war und auch keine Spuren eines Einbruchs aufwies, hat Ray Cooper einen Schlüssel benutzt, um hineinzugehen. Das hat er auch an dem Abend gemacht, als er sich von dem Taxifahrer hat hinfahren lassen, wozu, ist noch unklar.

Aber vor allem sind da die Mäuse. Anna Maria hat sie gesehen, als der Capitano der Carabinieri von Imola ihr erlaubt hat, eine Runde durch die Wohnung zu drehen, mit Billigung des Staatsanwalts, und auch, weil sie ihm gewiss sympathischer war als der Chef der Einsatzpolizei. Auch sie glaubt nicht, dass der Leguan sie gebastelt hat.

Die überaus vielen, süßen Drahtmäuse in der Schachtel sind Liebesbriefe. Sie sind die Botschaften eines Stalkers. Ist so etwas schon einmal vorgekommen? Gibt es weitere Fälle, bei denen Stalking-Opfer kleine, aus Draht gefertigte Tiere erhalten haben? Die Anzeigen überprüfen.

Doch sie ist voreilig. Intuitiv zu sein bedeutet nicht, nicht systematisch zu sein.

Virabhadrasana 3, Krieger 3.

Ein Bein fest auf den Boden gestemmt, den Oberkörper nach vorne gebeugt, damit Rücken und Bein bis zur Ferse eine gerade Linie bilden – Anna Maria wirkt wie eine Statue, aus dem gespannten Stoff von Body und Yogahose gegossen. Zu Hause stünde sie nackt da. Hier ist das nicht möglich, tatsächlich beobachtet sie jemand am Fenster des B&B *Le Lune*, doch sie achtet nicht darauf.

Stalker and Their Victims. Mullen et al. Die Typologie beruht auf der Frage nach dem Ziel des fraglichen Verhaltens. Primär oder sekundär?

Primär. Anna Maria hat es vor Augen und lässt den Blick über die vertikale Linie gleiten, während sie die Arme am Rücken verschränkt, die Hände mit ausgestrecktem Zeigefinger aneinanderlegt. Primär. Ray Cooper wollte den Leguan.

Der Baum teilt sich, Anna Maria verwirft den Zweig mit dem Ex, er liebt mich, er liebt mich nicht, entscheidet sich für nein, fährt auf der Linie fort, die besagt, dass Stalker und Opfer sich kannten, und hier werden die Dinge kompliziert.

Familienmitglied/Freund
Berufliches Verhältnis
Arbeitskontakt
Zufälliger Kontakt

Wie haben Ray Cooper und der Leguan einander kennengelernt?

Ardha Chandrasana, der Halbmond. *Natarajasana*, der Tänzer.

Anna Maria hält inne. Die Serie ist noch nicht beendet und sie hätte noch viel zu tun, doch jetzt haben die Gäste des B&B das Fenster geöffnet, es sind zwei Jungs, und starren sie zu intensiv an.

Doch sie hält vor allem deshalb inne, weil sie eine andere Intuition hat. Dieselbe, die sie schon am Anfang hatte, nur genauer. Ray Cooper könnte ein leidenschaftlicher Leser des Chronikteils der Zeitungen sein, ein Leser, ein Journalist, ein Schriftsteller, oder vielleicht auch ein wahnsinniger Verbrechenstourist, ein Fan von Terrorpornografie. Sie kennt viele solche Typen, kaum hören sie, was sie für einen Job macht, keuchen sie *Kriminologin?* Und erkundigen sich nach ihrem Lieblingskiller. Mit ihrem hungrigen Leuchten in den Augen wirken sie wie Borderliner, doch Ray Cooper ist eine andere Liga. Pathologisch. Ein Psychopath.

Er erfährt, dass der Leguan, der legendäre Leguan, in Imola wohnt, und genau hier muss sie ansetzen, wie hat er es herausgefunden, hat er ihn zufällig getroffen, schwierig, welche Kontakte hatte er, vielleicht sogar Persichetti, seine Freunde überprüfen, jedenfalls lernt Ray Cooper ihn kennen, kennt ihn, verfolgt ihn und bringt ihn um.

Anna Maria nimmt die Yogamatte und klemmt sie unter den Arm. Sie trocknet nicht einmal den Schweiß ab, der ihr in den Ausschnitt läuft. Die Ideen häufen sich in ihrem Kopf, sie muss sie niederschreiben, um ihnen eine Ordnung zu geben. Intuitiv, aber systematisch.

Und dabei denkt sie, dass man die Seiten der Kriminaltouristen überprüfen muss, wer ist dein liebster Serienkiller, die Facebook- und Instagram-Seiten, dass man die Fotos darauf mit jenen von Ray Cooper vergleichen muss.

Ray Cooper. Die Ähnlichkeit mit dem Schlagzeuger ist nicht zufällig. Er ist ein Fan. Also auch alle Accounts durchsuchen, die dem echten Ray Cooper gewidmet sind.

Anna Maria lächelt, während sie in die Pantoffeln schlüpft, sich mit den kurzen Zehen voranschiebt, denn gemessen an ihrer Körpergröße hat sie kleine Füße. Und sie lächelt auch noch, während sie unter den Arkaden der alten, renovierten Villa zu ihrem Zimmer geht.

Nichts davon wird sie dem Vicequestore Carlisi sagen. Auch sie hat Ressourcen und geeignetes Personal, um ihre Ermittlungen unabhängig zu führen. Der letzte Neuzuwachs ist der Assistent Giuseppe Granelli, ihn wird sie als Ersten auf den Fall ansetzen.

Dem Nikotinsüchtigen zum Trotz, der Segelschuhe mit Knöchelsocken trägt.

Ich habe sie nur noch einmal erfahren. Nach Andrea und vor Alessio. Die absolute Liebe.

Es war ein Mädchen, das ich bei einem Konzert kennengelernt hatte. Nicht kennengelernt, gesehen. Danach habe ich sie kennengelernt, zuerst habe ich sie gesehen. Die Schlange vor dem WC. Ich ging hinaus und sie wollte hinein, sie taumelte, wäre fast gestürzt, und ich habe die Hand ausgestreckt, um sie zu stützen, doch sie hatte sich schon an der Wand festgehalten, sich hochgezogen und ist hineingegangen.

Mit klopfendem Herzen habe ich gewartet.

Stellst du dich an? Nein, nein.

Als sie herausgekommen ist, war ihr Gesicht von Wassertropfen überzogen, die Haare klebten an der Stirn, und der Rollkragen war ganz nass.

Sie hat mich nicht angesehen, aber sie lächelte.

Ich bin ihr in den Zuschauerraum gefolgt. Eine Gruppe von Personen hatte ihr einen Platz inmitten der Menge reserviert, ein Junge ist zur Seite getreten und sie ist zwischen die Menschen hineingeschlüpft und war bei ihnen. Ich nicht, ich hatte niemanden, der mir den Platz freihielt, ich musste mich zwischen die Menschen hineinquetschen, aber ich bin eine Maus, und da stand ich nun, ein Stück hinter ihr.

Ich stand direkt unter einem Lautsprecher, der höher war als ich, doch ich hörte keine Musik. Ich hörte nur den Trommelwirbel, der in mir hämmerte, laut, lauter als das Herz, das laut klopfte, als sie sich umdrehte und mich anlächelte.

Lächelte sie mich an? Lächelte sie die Musik an? Hatte sie einen Joint in der Hand, lächelte sie den an?

Egal, wenn die Liebe absolut ist, genügt sie sich selbst.

Ich bin ihr nachgegangen. Ich hoffte, sie würde den Bus nehmen, allein, wie ich, doch sie ist mit ihren Freunden ins Auto gestiegen.

Ich bin ihr gefolgt. Zuerst zu Fuß, dann bin ich dem roten Fiat 500 nachgelaufen, der von den aus dem Gebäude strömenden Menschen, vom Verkehr, aufgehalten wurde, bis zur rot blinkenden Ampel auf der Allee.

Ich habe ein Moped geklaut.

In der Via Remorsella haben sie sie aussteigen lassen. Sie lachte, verabschiedete sich, verteilte Luftküsschen, ist wieder gegen die Mauer geplumpst, hat sich wieder hochgezogen und ist hinter dem Gittertor verschwunden. Die anderen haben sie die ganze Zeit über mit laufendem Motor und heruntergekurbeltem Fenster beobachtet.

Danach war es spät. Ich hörte das Geräusch der zuschlagenden Tür, ich spähte durch einen Spalt des Tors, es gibt zwei Tore, die auf den Hof führen, eines rechts und eines links, ich spähte durch das rechte, das inzwischen geschlossen war.

Im Dunkeln, in der Stille, in der Nacht bin ich über das Gittertor geklettert. Ein eisernes Hindernis mit zwei Türflügeln, glatt, ohne Griffe, es war nicht einfach. Ich bin hochgesprungen und habe mich mit den Fingern festgeklammert, ich habe den Rücken über den metallenen Rand gebeugt. Ich bin eine Maus.

Da war eine Hecke am Rand des Vorplatzes, und eine schräge Rampe, die zur Garage hinunterführte. Ich habe mich für die Hecke entschieden. Dann habe ich gedacht, dass ich darunter zwar schlafen könnte, dass man mich am Morgen jedoch sehen würde, wenn jemand herauskam. Also die Garage. Ein kleiner Flur, begrenzt von heruntergelassenen Rollläden.

Hinter einer staubigen Säule, auf einem Ölfleck auf dem asphaltierten Boden kauernd, habe ich mithilfe der Handy-Taschenlampe die Namen auf der Gegensprechanlage gelesen.

Dr., Ing., Sig. u. Sig.ra. Viele Ausländer. Und dann *Paola, Claudio, Salvatore, Concetta*, ohne Nachnamen, mit Füllfeder auf die Kärtchen neben den Klingelknöpfen geschrieben. Untermiete, Airbnb, Booking.com, Studenten, Freiberufler, kein brauchbarer Hinweis.

Doch früher oder später würde sie herauskommen.

Schon bald, zum Glück, noch vor acht. Mit Büchern unter dem Arm und frischem Polo, den Pullover um die Taille geknotet.

Bleich, mit dunklen Augenringen und angespannten Lippen.

Wunderschön.

Als unsere Blicke sich kreuzten, habe ich sie angelächelt, doch sie hat es nicht bemerkt.

Ich hätte sie angesprochen, wenn sie allein gewesen wäre, doch da war ein Mann bei ihr, der ihr Vater oder ihr älterer Bruder hätte sein können, sie sah ihm ähnlich, dieselben Augen, dieselben Haare, dieselbe Nasenform, doch er sah mich ernsthaft und streng an, er hat ihr einen Arm um die Schultern gelegt und sie weggeführt.

Ich habe so getan, als würde ich auf eine Klingel drücken, beim Tor im Innenhof, dem linken.

Danach, in den Tagen darauf, habe ich viele Dinge über sie in Erfahrung gebracht. Ich habe sie hinter den Säulen der Arkade stehend beobachtet, hinter der Glaswand der Bar gegenüber, inmitten von Menschen, als sie in die Schule ging oder nach Hause kam, vom Moped oder vom Fahrrad aus (alle gestohlen), im Internet, wo vieles, fast alles zu finden ist.

Francesca, Franca, Checca. Im November siebzehn Jahre alt geworden, also siebzehneinhalb. Humanistisches Gymnasium „L. Galvani", dritte Klasse, Sektion A, erstes Stockwerk, zweites Klassenzimmer links.

Der Mann mit dem strengen Blick: ihr Vater, einer der Ing. auf der Gegensprechanlage. Ihr großer Bruder: wie der Vater, nur etwas kleiner. Ein paarmal haben sie mich bemerkt, haben mich scheel angeschaut, mich angebrüllt, der Bruder ist mir nachgelaufen, doch ich bin mit dem Moped davongeflitzt.

Warum haben sie nicht verstanden? Warum hast du nicht verstanden, mein Schatz?

Ich sah, wie sie sich umblickte, wenn sie das Haus verließ, nie allein, nie, ihr Blick irrte verstört über die Straße.

Warum, mein Schatz?

Eines Tages habe ich ihr eine Nachricht hinterlassen. Ich wollte, dass sie versteht.

Ein Mäuschen.

Beim ersten Mal habe ich lange gebraucht, um den Draht mit meiner Nasenzange zu formen, der Griff aus rotem Kunststoff glitt mir aus den Händen, mit herausgestreckter Zunge konzentrierte ich mich, doch die Maus ist zu lang und zu flach geraten, es hat gedauert, bis sie so schön rundlich wurde, wie ich es wollte.

Die Falte unter dem Mund war ganz eindeutig ein Lächeln.

Die erste Maus habe ich in den Türspalt geschoben, und auch die zweite, denn ich dachte, die erste sei hinuntergefallen und sie habe sie nicht bemerkt. Die anderen habe ich vor dem Tor im Innenhof abgestellt, auf dem Überdach der Gegensprechanlage, dem Postkasten im Flur, und auf dem Teppich vor der Wohnung. Ich habe sie ihr per Post geschickt. Einmal hat die Schule das Fenster offen gelassen und ich habe ihr eine auf die Schulbank gesetzt, mit dem Gesicht in Richtung des leeren Stuhls, und dem gekringelten Schwanz wie ein Fragezeichen.

Warum verstehst du nicht? Warum nicht?

Liebe mich, liebe mich, liebe mich.

Ich bitte dich, liebe mich.

Einmal stand vor ihrem Haus ein Auto der Carabinieri. Einmal ist ihr Bruder ihr von Weitem gefolgt, als wollte er mich reinlegen. Nie, kein einziges Mal ist sie allein ausgegangen.

Doch ich ließ nicht locker, ich wusste, ich würde es schaffen.

Dann eines Tages haben Vater und Bruder sie zum Marconi-Flughafen gebracht, sie ist hinter der Sicherheitsschranke verschwunden und ich habe sie nicht wiedergesehen.

Ich habe geweint. Ich habe so sehr geweint, weil da nichts mehr war, keine Bitte, keine Botschaft, nichts von dem, mit dem ich dir hätte näherkommen, dich nehmen, dich fortführen und dir begreiflich machen wollen, dass ich nicht anders kann, als mich in dich zu verlieben.

Nichts.

Doch diesmal ist es anders.

Jetzt bin ich erwachsener, jetzt weiß ich, wie ich es mache.

Ich weiß, was ich mache.

Ich hatte eine Idee.

Ich hatte eine Idee.

Früher, als ich mir noch Bücher mithilfe der metallischen Computerstimme anhörte, habe ich einen Roman gelesen, der damit begann, dass ein Typ hundert Liegestütze machte. *Der Perfektionist* von Raul Montanari.

Hundert. Die Fäuste auf dem Boden, die Füße auf der Bettkante, gerader Rücken, auf und ab, hundertmal. Hundert. Eine Welt, eine Reise. Langsam, beständig. *Die Anstrengung ist ein blinder Hund, wenn du davonläufst, beißt er dich in den Rücken,* und einmal abgesehen von dem zufälligen *blind,* bei dem ich auch heute noch lächeln muss, habe ich verstanden, dass er recht hatte.

Er sagt: *Das Geheimnis besteht darin, nicht nachzudenken.*
Nicht nachzudenken.

Wie ich so auf dem Sofa liege, mit den Knien beinahe an den Augen, und zu vielen Gedanken im Kopf, fällt mir der hohe Ton meines ersten automatischen Lesegeräts ein, eines der ersten, es war starr, immer gleich, nie aufdringlich. Ich hatte mich daran gewöhnt, ihm die Emotionen zu übertragen, die ich fühlte, deshalb klang es immer anders, doch jetzt brauche ich genau das Gegenteil.

Monotonie.
Nicht laufen.
Nicht denken.

Ich beuge mich nach vor und lege ebenfalls die Hände auf den Boden, aber offen, ich habe kein Kissen, das ich unter die geschlossenen Fäuste legen könnte, wie der Typ aus dem Roman, und ich will nicht aufhören müssen, weil mir die Knöchel wehtun. Anstrengung ist nicht Schmerz. Ich strecke die Arme aus und gehe auf den Handflächen, um die Entfernung abzumessen, bis ich die Knöchel an der Bettkante einhaken kann, und beginne.

Ich weiß nicht, wie oft, denn in diesem Augenblick verliere ich den Überblick über die Wiederholungen, doch als ich das Gesicht den Bodenbrettern nähere, fällt mir eine andere Passage des Buches ein, in der der Autor erzählt, dass der Typ sich hinunterbeugt und den Staub des Bodens einatmet, dasselbe mache ich, die Staubkörnchen dringen in meine Nase ein und evozieren die Erinnerung an das Geräusch, das Gefühl von Staub und Luft auf dem Gesicht, im Traum und dann zwischen den Fingern mit den Lavendelblüten, so mache ich einen Liegestütz nach dem anderen, ohne nachzudenken, ohne mich zu beeilen, leer aufgrund der Anstrengung, es ist nicht länger eine Erinnerung, sondern ein richtiges Geräusch.

Ich habe den Überblick verloren, doch ich mache weiter, denn wenn ich aufhöre, beginne ich wieder zu denken, und ich weiß, dann wird das Geräusch wieder eine Erinnerung und verschwindet. Ich lasse es in meinem Bewusstsein treiben, passe mich an die Bewegung an, folge ihr automatisch, exzentrische und konzentrische Phase, der Trizeps dehnt sich und verlangsamt die Bewegung nach unten, verkürzt sich, drückt, der Brustmuskel dehnt sich und kontrahiert, die Bauch- und Pomuskeln kontrahieren, Schenkel, Rücken und Schultern halten die Position, ohne nach oben zu drücken, ohne ein Hohlkreuz zu machen.

Nicht nachdenken.

Nicht nachdenken.

Gehen, aber nicht laufen.

Nicht nachdenken.

Jetzt kehrt es zurück. Nicht Luft und Staub, jetzt ist es ein Laut. Klar. Ich höre ihn präzise und deutlich.

Aber ich erkenne ihn nicht.

Etwas schabt und schlägt, gedämpft, gummiartig, nein, nicht gummiartig, schleifend, und jetzt melden sich auch die anderen Sinne zurück und verwirren mich, es brennt, juckt, beißt, kratzt.

Nichts.
Ich kenne ihn nicht.
Ich kenne ihn nicht.
– Verdammt, Simò, wie viele machst du?
Grazias Stimme löscht alles aus, doch es war ohnehin schon verschwunden. Doch jetzt, wo ich das Geräusch nahezu zu fassen bekommen habe, weiß ich, dass es früher oder später zurückkehren wird, dass es nicht mehr nur eine Erinnerung ist.

Ich halte inne. Ich knie mich auf den Boden und mache einen Katzenbuckel, um die verkrampften Muskeln zu lösen. Grazia legt ihre offene Hand zwischen meine Schulterblätter, berührt mich mit den Fingern.

– Schau mal, Simò, wie hart du bist.

Sie hat es nicht so gemeint, das wissen wir beide, doch sie lacht trotzdem. Sie nimmt die Hand nicht weg. Sie krault meinen Nacken, zwischen den Haaren, als wäre ich eine Katze. Ich rutsche weg, aus Angst, verschwitzt zu sein, ich mag das Gefühl ihrer Finger auf mir, und es wundert mich, dass mich das mehr erregt als traurig macht.

Ich würde gern aufstehen, mit der tastenden Hand suche ich die Bettkante, doch ich finde Grazia. Ich keuche, im Knien, dann nimmt sie mich in den Arm, doch anstatt mich hochzuziehen, beugt sie sich über mich und küsst mich.

Warum machte sie das?

Gewiss nicht wegen dem Sex, sie mochte zwar Sex, aber er war ihr nie besonders wichtig gewesen.

Nicht wegen der Muskeln. Um die Spannung zu lösen, die sich aufgestaut hatte, die Babys, Ray Cooper, die vielen Toten, Carlisi und Cescòn, die Konzentration auf die Mörderjagd. Nein.

Weil sie das Gefühl hatte, er sei so fern, eingeschlossen in einer Welt, aus der sie ausgeschlossen war, auf immer verloren, und sie ihn zumindest ein Weilchen noch behalten wollte, weil auch sie in dieser Welt sein wollte, nur eine Weile, hin und wieder, ein wenig. Aus Sehnsucht nach der Vergangenheit?

Das fragte sie sich, während sie Simones Hände hielt und sie unter ihr T-Shirt führte, er schien nämlich vergessen zu haben, wie sie gebaut war, und tatsächlich zitterte er wie beim ersten Mal. Sie lächelte, während sie ihn nach hinten, auf das durchgesessene Sofa drückte, und sie dachte, dass sie es vielleicht aus Zärtlichkeit machte, und dass sie es mit der noch frischen Wunde vielleicht nicht tun sollte, doch das war ihr egal, sie würde aufpassen, denn es gefiel ihr, sie war glücklich darüber, glücklich, auch wenn sie es nicht erwarten konnte, dass es vorbei war.

Keuchend vor Begehren, das mir den Atem raubt, die Hände auf der nackten Haut ihrer Hüften, stoße ich ganz langsam, um ihr nicht wehzutun, ich spüre die Wärme, die mich umfängt, mich drückt, mich überzieht, weich und brennheiß.

Ich will, dass es aufhört. Alles. Sofort.

Ich will, dass es so bald wie möglich aufhört.

Bologna 5

Roberto trommelt mit den Fingerspitzen auf das Steuer, während er denkt, *verdammt, bin diesmal ich dran?*
Für gewöhnlich macht er keine Tagschicht, er zieht die Nachtschicht vor, dann hat die Stadt mehr Zauber, das ist zwar ein Klischee, aber es stimmt. Die Menschen, die in der Dunkelheit ins Taxi steigen, sind sonderbarer, unvorhersehbar sonderbar, vielleicht auch gefährlicher, okay, doch auf alle Fälle machen sie einen neugieriger als die Leute am Tag, die ebenfalls sonderbar und gefährlich sind, doch auf vorhersehbare Weise. Banaler, aber auch nervöser, neurotischer, bösartiger. Man könnte sagen, dass die Leute in der Nacht zwar sonderbar und gefährlich sind, doch auf ruhigere Weise. *Tranquillo,* ruhig, bedeutet im Bologneser Dialekt *richtig.*
Jetzt macht er 7/19, die Schicht ist noch nicht einmal zur Hälfte vorbei, und er ist bereits ordentlich sauer. Er steht in der Via Farini, vor der Galleria Cavour, wohin ihn der Anrufer gerufen hat, den ihm die Zentrale weitergeleitet hat, er beugt sich über den Beifahrersitz, um besser durch das offene Fenster spähen zu können, und denkt, *verdammt,* denn unter den Arkaden steht niemand, der auf ihn wartet. Die aufgetakelte Dame mit dem Hündchen auf dem Arm schüttelt verneinend den Kopf, und auch das Touristenpärchen mit dem Selfiestick. Einen Augenblick lang hat er gehofft, der hippe Typ mit den rasierten Schläfen, der engen Jacke und ohne Socken sei sein Kunde, denn er schaute auf die

Straße, doch er wartete auf ein Mädchen, das genauso hip war wie er, dann sind sie gegangen.

Seit ein paar Tagen macht sich ein Trottel einen Spaß daraus, Taxis kreuz und quer durch die Stadt zu jagen, ist jedoch nicht zu finden. Leerfahrt. Die Zentrale hat ihn gewarnt, sie haben eine Handynummer, doch trotzdem ist es drei- oder viermal vorgekommen, und jetzt hat offenbar er die Arschkarte gezogen.

In diesem Augenblick wird die Schiebetür des Taxis aufgerissen und sofort darauf wieder geschlossen. Jemand wirft sich auf den Rücksitz und duckt sich hin, er sieht ihn nicht einmal im Rückspiegel. Roberto versucht sich umzudrehen, der andere kommt ihm jedoch zuvor.

– Schau nach vor!

Er hat ihn nicht gesehen, aber erkannt.

Es ist Ray Cooper.

– Schau nach vor!

Roberto wird stocksteif, ein Schauer läuft ihm über den Rücken. Ray Cooper hat sich gerade so weit erhoben, dass ihn der Rückspiegel erfasst, er nimmt die Maske ab und sieht ihn an. Die zweite Hand – Robi sieht sie aus den Augenwinkeln – hat er in der Tasche. Offenbar hatte er sich hinter einer Säule in der Arkade versteckt. Oder er wurde von dem Bus verdeckt, der eine Runde über die Piazza gedreht hat.

– Fahr. Ruhig, langsam. Ein Auto folgt dir. Schau nach vor!

Hinter ihm fließt der Verkehr im verkehrsberuhigten Zentrum Bolognas zur Stoßzeit. Dennoch kann Roberto den kleinen Kombi mit zwei Männern darin sehen, der sich zwischen den Autos durchschlängelt und über den gelben Streifen der Busspur fährt, um hinter ihm zu bleiben. Seit der Gymnasium-Oberstufe erkennt er wie alle Bologneser, die in den Siebzigerjahren geboren sind, die Autos der Staatspolizei.

– Sie sind hinter mir her, sagt Ray Cooper. – Ich habe erfahren, dass Leute mit meinem Foto in der Hand herumlaufen. Ich habe mir schon gedacht, du würdest ihnen sagen, dass ich dich gesucht habe. Kaum habe ich das Auto gesehen, wusste ich, dass es tatsächlich so ist. Sie überwachen dich, um mich zu fassen.
– Warum?
– Weil ich Dinge gemacht habe, die man nicht machen sollte.
Ray Cooper hat eine zarte, leicht nasale Stimme. Seine Stimme macht Angst, vor allem, wenn er leise spricht, wie beim letzten Satz. Doch das hat Roberto nicht mit seiner Frage gemeint, er wusste nämlich, was er gemacht hatte, obwohl man ihm auf der Polizeistation die Details erspart hatte, er hatte aber trotzdem begriffen, dass Ray Cooper gefährlich war, und jetzt freut er sich sogar darüber, dass ihn die Polizei nicht ernst genommen hat, als er den Personenschutz abgelehnt hat. Also fasst er Mut und fragt noch einmal.
– Warum bist du auf der Suche nach mir?
Ray Cooper dreht den Kopf zur Seite. Es ist nicht Nacht, es gibt weder Scheinwerfer noch Straßenlaternen, und das Tageslicht glättet alles auf dieselbe Weise, doch einen Augenblick lang verdreht er die Augen und sie werden weiß, während sich seine Lippen zu einem Haifischlächeln verziehen.
Roberto verspürt eine absolute Angst, die ihn gleichzeitig eiskalt und glühend heiß überzieht, wie ein Fieberschauer. Wenn da nicht diese Hand in der Hosentasche wäre, würde er das Taxi mitten auf der Straße stehen lassen. Bilder stürmen auf ihn ein, ein Messer am Hals, eine Pistole, die ihn in den Kopf schießt, Sekundenbruchteile, die so kurz sind, dass er sie nicht verjagen kann. Unter dem Sitz ist eine Lenkradsperre. Im Handschuhfach ein Pfefferspray. Im Kofferraum liegt sein Baseballschläger mit dem Emblem der Red Sox. Doch alles ist zu weit weg, nicht zu erreichen.

– Weißt du, wie ich dich gefunden habe?, fragt Ray Cooper und Roberto schüttelt den Kopf, mit steifem Hals.
– Nein.
– Ich war gut. Ich konnte nicht länger herumlaufen und nach dir fragen, also habe ich deine Zentrale angerufen und mir Taxis an Orte schicken lassen, wo ich mich vor deinen Kollegen verstecken konnte.

Roberto schaut in den Rückspiegel, an Ray Cooper vorbei. Er versucht, so langsam wie nur möglich zu fahren, doch der kleine Kombi ist zurückgeblieben und einer der beiden Männer schaut starr geradeaus, um das Taxi ja nicht aus den Augen zu verlieren.
– War ich nicht gut?
– In der Co.Ta.Bo gibt es sechshundert Taxifahrer. Hast du sie alle angerufen?
– Nein, natürlich nicht. Ich habe ein Taxi mit sieben Sitzen wie deines verlangt. Das hat die Suche ziemlich eingeschränkt. Aber ja, ich habe Glück gehabt, dass ich dich so schnell gefunden habe.
– Und woher wusstest du, dass ich Tagschicht habe?
– Das hast du auf Twitter geschrieben. Im Internet gibt es so viel Zeug, das kannst du dir gar nicht vorstellen. Ich habe beinahe herausgefunden, wo du wohnst, beinahe, aber dann habe ich gedacht, es sei doch keine so gute Idee, bei dir zu Hause aufzutauchen.

Ray Cooper hebt den Daumen und zeigt damit nach hinten, in Richtung der Heckscheibe. Er kauert zwischen den Sitzen, sie können ihn nicht sehen.
– Fahr langsam, flüstert er. – Schau, dass du die nächste Ampel bei Rot erreichst. Dann biegst du nach links ab, nimmst die nächste nach rechts und schüttelst die Bullen ab. Bin ich nicht gut?

Roberto knirscht mit den Zähnen. Er hat Tränen in den Augen, doch obwohl er Todesangst hat, sind es eher Zornestränen.

– Was willst du von mir?, knurrt er so laut, dass es fast wie Schreien klingt. – Was zum Teufel willst du von mir?

Ray Cooper schaut ihn an. Auch so, wenn er von unten nach oben schaut, wirken seine Augen weiß. Er zieht die Hand aus der Tasche. Keine Pistole und auch kein Messer. Ein Handy. Er drückt auf den Anrufknopf und einen Augenblick später antworten die ersten Töne von Elton Johns *Better Off Dead*.

Ray Cooper steckt eine Hand in den Spalt zwischen den Sitzen, schiebt sie so weit hinunter wie nur möglich, kratzt mit den Nägeln, mit vor Anstrengung angespanntem Kiefer, und holt ein anderes Handy heraus. Er zeigt es Roberto, wirbelt es herum wie der echte Ray Cooper die Sticks nach einem Schlagzeugsolo.

Er ist so zufrieden, dass er sich aufrichtet.

Der kleine Kombi schert aus dem Taxistreifen aus, überholt zwei Autos und stellt sich quer vor Robertos Taxi. Die Polizisten springen mit der Pistole in der Hand heraus, einer der beiden setzt sich fast auf das Auto, das gerade noch rechtzeitig vor ihm gebremst hat. Er zielt mit der Pistole auf Ray Cooper, während der andere die Schiebetür öffnet, ihn am Arm packt, herauszerrt und ihn mit dem Gesicht nach unten auf den Gehsteig drückt.

Roberto bleibt im Auto sitzen und blickt sich verblüfft um, er hält die Lenkradsperre fest, die er unter dem Sitz hervorgeholt hat, ohne zu wissen, warum.

Grazias Finger gleitet über meinen Bauch und hält beim Nabel inne. Ich schiebe ihn weg, denn ich habe es nie gemocht, dort berührt zu werden, aber ich halte ihn fest, ohne zu drücken. Sie liegt unter dem Arm, den ich ihr über die Schultern gelegt habe, mit dem Kopf auf meiner Brust, an meine Seite gekuschelt.
Ich bin froh, dass es bald vorbei war.
Ich bin froh, dass sie da ist. Am liebsten wäre mir, sie bliebe für immer.
– Warum hast du keinen Sixpack, Simò? Wo du doch so viel trainierst.
– Ich beschränke mich auf gewisse Übungen. Ich hebe Gewichte. Bauchmuskeln sind wichtig, interessieren mich aber nicht so sehr. Ich habe ein anderes Ziel.
– Welches?
Ihre nackte Haut wärmt meine Hüfte. Ihr Bein liegt abgewinkelt über meinem, ihr Schenkel bedeckt meine Scham. Sie streichelt mein Knie mit einem Fuß. Ihr Atem auf meiner Brust schmeckt nach kühlem, salzigem Meerwasser, dem Wasser einer Welle.
– Mein Ziel ist, eine Mauer zu bauen und dahinter zu leben. Ich lebe im Inneren.
Grazia hebt den Kopf. Obwohl ich sie nicht sehen kann, weiß ich, dass sie mich anschaut. Ich nehme die Hand von ihrer Schulter und berühre mit einem Finger ihre Stirn, zwischen den Augen, wo sich eine tiefe Falte befindet.
– Das verstehe ich nicht, Simò, aber es klingt nicht gut.
Ich zucke mit den Schultern. Ich halte noch immer ihren Finger. Sie entzieht ihn mir und steht auf, sie hat ein Wimmern im Schlafzimmer gehört, wo die Babys liegen. Falscher Alarm, denn

sie kommt gleich zurück. Ich höre ihre Füße auf dem Boden, doch kein Rascheln von Kleidern, sie ist also noch immer nackt, und das erinnert mich an etwas, was mich irritiert, doch dann fällt mir ein, dass auch ich nackt bin, und vergesse es.

– Wenn jemand hereinkommt …, sage ich, doch sie legt mir eine Hand auf den Mund. Sie drückt mich zurück auf das Sofa und legt sich auf mich wie davor, mit dem Kopf auf der Brust und dem Bein darüber.

– Alle, auch Ersilia, sind im unteren Stock, wahrscheinlich haben sie es mitgekriegt, denn das Sofa steht schief und wir haben etwas Lärm gemacht. Es wird niemand kommen. Bleiben wir noch eine Weile so liegen.

Wir bleiben noch eine Weile so liegen, die Wärme der Haut, Meerwasser, ihr Schenkel liegt schwer auf mir, die Zehen kratzen mein Knie.

– Darf ich dir eine Frage stellen?, sage ich.

– Kommt darauf an.

– Haben wir uns getrennt, weil wir keine Kinder bekommen konnten?

– Wir haben uns getrennt, weil es nicht mehr funktioniert hat, Simò.

Sie legt ihre Finger auf meine Lippen, doch ich schiebe sie weg.

– Hast du mich geliebt?

Ich spüre, dass sie sich auf den Ellbogen stützt, der gegen meine Hüfte drückt.

– Warum willst du alles ruinieren, Simò? Ich habe dich geliebt, ich habe dich geliebt … Ich weiß es nicht mehr. Ich hatte mich verliebt. Und du? Hast du mich geliebt?

Ich würde gerne antworten. Ich würde ihr gerne sagen, dass ich sie geliebt habe, dass ich sie noch immer liebe, dass ich sie nicht mehr liebe, dass auch ich mich verliebt hatte, dass ich es nicht weiß und nicht wissen will, dass es mir wehtut, darüber nachzudenken, und dass ich nicht denken will, dass ich nach Hause will, wieder drinnen sein will, ich möchte ihr so vieles sagen, doch letzten Endes sage ich gar nichts, das ist mir schon oft passiert, bei Grazia, bei allen, auch bei mir.

Egal, ob ich etwas sagen möchte oder nicht, Grazias Handy klingelt laut im Schlafzimmer der Babys, die aufwachen und zu weinen beginnen.

– Verdammt, ich habe es dort liegen lassen!

Ich setze mich aufs Sofa und taste auf dem Boden nach Unterhose und Hose, doch ich halte inne, denn ich spüre, dass Grazia zurückgekommen ist und sogar die Tür geschlossen hat, hinter den nach wie vor weinenden Babys.

– Ist gut, sagt sie ins Handy. – Ist gut, ich komme.

Und dann zu mir: *Sie haben ihn geschnappt.*

Geschnappt.

Jahr, Tag, Monat, Uhrzeit usw. usw. Der unterzeichnete Beamte der Polizia giudiziaria usw. usw. führt gemäß Ermächtigung durch den Staatsanwalt der Republik das Verhör von Sig. Bontempi Ivano, genannt Ray Cooper, durch, geboren am 23/09/1986 in Bologna, wohnhaft in Via usw. usw., italienischer Staatsbürger, Personenstand, angestellt in einer Wirtschaftskanzlei, vertreten durch Anwalt usw. usw. Wurde darauf hingewiesen, dass seine Aussagen gegen ihn verwendet werden können.

Auf Befragen: Ich habe Alessio Crotti, genannt der Leguan, nie kennengelernt und hatte keinerlei Beziehung zu ihm. Natürlich kenne ich ihn vom Hörensagen, da ich ein leidenschaftlicher Hobby-Kriminologe bin und über seine Taten informiert bin. Doch ich hatte keinerlei Kontakt zu ihm.

A.B.: Ich bin zur Anstalt nach Imola gefahren, weil ich ein paar Fotos von seiner beschlagnahmten Wohnung machen wollte. Ich habe in keiner Weise die von den Behörden angebrachten Siegel aufgebrochen, und ich habe das besagte Haus auch nicht betreten.

A.B.: Das habe ich gemacht, weil ich Bilder von Tatorten und Crime Scenes sammle; diese veröffentliche und verkaufe ich auf der Website CrimeSceneNow (www.crimescenenow.it), die ich unter dem Pseudonym Ray Cooper betreibe. Das Pseudonym verwende ich, weil ich ein großer Verehrer des Schlagzeugers bin. Ich betone, dass die Seite kein illegales oder Dritte verletzendes Material publiziert und dass sie mit einem Netzwerk ähnlicher Seiten mit demselben Interesse verbunden ist.

A.B.: Auch ich glaube nicht an Zufälle, und tatsächlich hielt ich mich einige Stunden nach der Aufdeckung des zweifachen Mordes nicht zufällig in Imola auf. Ich habe auf der Internetseite der Tageszeitung „La Repubblica" davon erfahren und bin sofort zu dem Tatort gefahren, um eventuellen Konkurrenten zuvorzukommen, denn die ersten Bilder vom Tatort haben den größten Wert und bringen den größten Ruhm, am besten, wenn noch die Spurensicherung da ist und/oder die Leiche zu sehen ist.

A.B.: Mir ist bewusst, dass es juristische Folgen hat, wenn man Bilder gewalttätigen Inhalts, wie Leichen, veröffentlicht, und das habe ich auch nie gemacht. Was die eventuelle private Weitergabe solcher Fotos anbelangt, nehme ich mein Recht zu schweigen in Anspruch.

A.B.: Ich habe ein Taxi genommen, um nach Imola zu fahren, weil mein Auto kaputt war und ich es aus oben genannten Gründen eilig hatte.

A.B.: Ich habe den Fahrer des Taxis Bologna 5 gesucht, weil ich mir sicher war, in seinem Taxi das Handy vergessen zu haben, mit dem ich für gewöhnlich die Fotos mache, was auch tatsächlich der Fall war. Ich habe ihn nicht offiziell kontaktiert, weil ich Angst hatte, der Fahrer oder sonst jemand würde mir die Fotos wegnehmen.

A.B.: Als ich begriffen habe, dass man mich sucht, habe ich nicht die Behörden kontaktiert, weil ich fürchtete, man würde mich wegen der Fotos, die ich in letzter Zeit gemacht habe, belangen.

A.B.: Zu diesem Thema berufe ich mich auf mein Recht zu schweigen.

Gelesen und unterzeichnet
Bontempi Ivano

– Lauter Lügen. – Carlisi schlug mit der Faust auf Ray Coopers Verhörprotokoll und die Asche der Zigarette rieselte auf das Papier. Er wischte sie mit der Hand weg und blies sie von der Oberfläche des Schreibtischs. – Aber egal. Hauptsache, wir haben ihn geschnappt.

Anna Maria saß auf dem kleinen Sofa im Büro des Vicequestore, so weit entfernt wie möglich, neben der Zimmerpflanze mit den gelben Blättern, die in einer Ecke stand. Sie hatte sie schon einmal berührt, die Blätter zwischen den Fingerspitzen gerieben, und sich gefragt, wie sie bei dem vielen Rauch im Zimmer überlebte.

– Wir haben ihn nicht geschnappt, sagte sie, wir haben ihn nur festgenommen. Fürs Erste ist er nur ein Borderliner, der sich auf morbide Weise von Verbrechen angezogen fühlt. Um ihn zu überführen, müssen wir ihn mit den Verbrechen in Verbindung bringen.

– Seien Sie nicht so negativ, Dottoressa. Lorenzini hat uns beglückwünscht und erwartet sich gute Fortschritte bei den Ermittlungen.

Anna Maria nickte, ohne zu lächeln. Sie war dabei gewesen, als der Staatsanwalt Carlisi und die ganze Einsatzpolizei, auch Grazia, beglückwünscht hatte, nur nicht sie und das UACV. Der Vicequestore hatte sie bei der Darstellung der Sachlage gänzlich unerwähnt gelassen und bei den Worten des Staatsanwalts zufrieden genickt und gelächelt.

– Sobald es möglich ist, werde ich mich mit dem Verdächtigen treffen, um zu sehen, auf welchem Niveau …

– Schon gut, schon gut, Dottoressa, doch fürs Erste haben wir ihn geschnappt. Zwei zu null für uns, den Carabinieri zum Trotz, fehlt nur noch das Golden Goal. Übrigens, Granelli, du hast mich enttäuscht.

Auch Granelli saß auf dem Sofa, neben Anna Maria. Er hielt den Laptop geschlossen auf dem Schoß, er hielt ihn mit beiden Händen fest, als wollte er sich daran festhalten.

– Dottore, ich habe die Fotos recherchiert, der Verdächtige hat seine Fotos nie auf Crime-Seiten gestellt. Allerdings habe ich nicht den Nickname kontrolliert. Doch ich habe ihn auf einer Fanpage von Ray Cooper gefunden …

– Leere Kilometer, wir haben ihn ja schon geschnappt.

Granelli senkte den Kopf. Er warf Anna Maria einen Blick zu, die ihm mütterlich den Arm drückte.

Grazia stand, sie lehnte an einem Schrank, auf dem Carlisi Pokale und Danksagungen aufbewahrte. Sie spürte den süßlichen Geschmack des Blutes auf den Lippen, doch sie konnte nicht anders, sie musste mit den Schneidezähnen an der Innenseite der Wange nagen. Irgendetwas passte nicht. Besser gesagt, vieles passte nicht.

– Was ist, Grazia?

– Die Dottoressa hat durchaus recht. Wir haben die Fotos auf dem Handy und dem Computer gesehen, die wir bei ihm zu Hause beschlagnahmt haben. Er ist unzählige Male Sanitätern gefolgt und hat Tote auf dem Boden oder auf der Bahre fotografiert, doch es gibt keine Fotos vom Leguan und von den anderen. Nur die Anstalt, nachts, von außen.

– Sonst würde er sich ja belasten. Vielleicht bewahrt er sie woanders auf.

– Möglich. Doch er hat keine Spuren am Tatort, keine Fingerabdrücke in der Anstalt oder in der Wohnung des Psychiaters hinterlassen. Ich weiß, die Carabinieri sind sauer auf uns, weil wir nicht mit ihnen teilen, und geben uns nichts mehr, aber …

– Er ist verrückt, aber auch clever. Er trägt Handschuhe und gibt acht. Was ist, Grazia, glaubst du nicht, dass er es war? Jeder, der glaubt, Ivano Bontempi ist unser Mann, hebe die Hand.

Alle, auch Grazia, hoben die Hand, ohne lange zu zögern.

– Lass es. Golden Goal, Schlusspfiff, wir bekommen den Pokal, Iaccarone errichtet uns eine Statue beim Innenministerium. Veranlassen wir eine Gegenüberstellung der Krankenschwester mit Ray Cooper, sie soll ihn identifizieren.

– Das würde nur einen Widerspruch mit den Behauptungen während des Verhörs aufdecken, ihn jedoch nicht mit den Verbrechen in Verbindung bringen.

– Danke, Dottoressa, für Ihren Enthusiasmus. Schauen wir, was bei der Durchsuchung von Bontempis Wohnung herauskommt, und suchen wir nach einer Spur, die beweist, dass sein Handy zur richtigen Zeit am Tatort war. Ich rechne mit dir, Granelli, du kannst deinen Ruf wiederherstellen.

– Und fügen wir auch mein psychiatrisches Gespräch mit dem Verdächtigen hinzu.

– Fügen wir es ruhig hinzu. Ich kann es kaum erwarten. Bleibst du noch einen Augenblick, Grazia?

Zuerst verstand Grazia nicht, warum Carlisi sie bei sich behielt, während alle anderen gingen. Sie hatte den Eindruck, dass er sich die Gültigkeit der Ermittlungsergebnisse bestätigen lassen wollte, denn er fragte sie, ob sie froh sei, wieder nach Hause gehen zu können, jetzt, wo die Gefahr gebannt sei. Sicher war sie froh, sie konnte es kaum erwarten. Doch er redete weiter, sie hatten den Fall gelöst, ohne in Bologna Chaos zu stiften, ohne Panik wegen eines eventuellen Serienmörders auszulösen, alles erledigt, Iaccarone würde begeistert sein, er würde auch ihr eine Statue errichten, er war der Chef von Bologna, und er hatte ihn lange genug mit der Geschichte gelöchert, dass diese Stadt schon so oft verletzt worden sei, während sie doch bereit war aufzublühen, und auch jetzt sei sie bereit, bereit, alle ihre Versprechen zu halten, wenn nicht gar wiedergeboren zu werden, sich zu vollenden, wie Italien ganz allgemein, denn jetzt saßen die richtigen Leute an den Schalthebeln, bla, bla, bla.

– Doch das ist mir egal, wie du weißt, bin ich eitel, ich mache es nur, um einen weiteren Pokal auf das Regal stellen zu können, – und er zeigte auf die Medaille, die er erhalten hatte, als sie vor ein paar Jahren den *Cane* geschnappt hatten, eines von Grazias vielen Ungeheuern. Eigentlich hatte sie ihn geschnappt und nicht der Vicequestore.

– Und du, was hast du vor?

– Ich will mit meinen Babys nach Hause.

– Okay, aber danach?

– Wonach?

– Nach dem Mutterschutz, der Karenz. Gehst du oder bleibst du?

– Keine Ahnung.

Das war ihr herausgerutscht. Denn früher hatte sie auf diese Frage immer geantwortet, dass sie ginge. Basta. Entweder Polizistin oder Mutter. *Man kann auch beides sein,* hatte ihr eine Kollegin von der Einsatzpolizei in Cattolica geraten, *ich schaffe es*, doch sie nicht, sie schaffte es nicht, sie wollte nicht mehr.

Jetzt hatte sie jedoch etwas anderes gesagt. Sie hatte gesagt, *keine Ahnung.*

– Ich gehe, korrigierte sie sich, – vielleicht, nein, sicher. Nimm du die Statue, ich habe fast nichts gemacht, die Dinge haben sich so ergeben.

– Sie ergeben sich, wenn du dabei bist. Wenn du nicht dabei bist, ergibt sich nichts. Ich will dich hier bei mir, Grazia, immer. Ich habe da so einige Ideen.

Deshalb hatte er sie also zurückgehalten. Er hatte so ein paar Ideen. Eine neue Einheit, eine Sondereinheit, etwas, das über Bologna hinausging. Etwas Großes. Er hatte so ein paar Ideen.
– Ich danke dir, ich weiß nicht … nein. Wenn die Sache vorbei ist, gehe ich. Wahrscheinlich. Sicher.

Ich habe eine Idee.
 Wird sie funktionieren?

Anna Maria steigt aus dem Autobus und richtet sich die Bauchtasche. Darin befinden sich das Handy, der Ausweis und die Pistole. Das ist zwar vorschriftswidrig, doch es ist eine kleine, sehr leichte Kaliber 38, keine Dienstwaffe, und außerdem hat sie das Band der Bauchtasche in die Schlaufen der Jeans eingefädelt, wie ein Halfter, man kann sie ihr nicht entreißen. Sie verknotet die Zipfel der Bluse, die sie über dem T-Shirt trägt, es ist wieder heiß geworden, zieht sie über den Bauch und schreitet schnell unter den Arkaden der Piazza dell'Unità aus.

Sie hat eine Idee.

Carlisi, dieser Trottel, hat sich geirrt. Ray Cooper ist nicht clever. Er ist ein zwanghafter Charakter, der alles plant, er achtet sehr auf die Details und er besitzt Informationen, von denen man nicht weiß, wie er sie erhalten hat, doch er ist nicht clever, er wirkt nur so.

Anna Maria muss nicht Yoga machen, um die Typologie von Ressler, Burgess und Douglas vor sich zu sehen, die Serienmörder in *organisiert* und *nicht organisiert* unterteilt. Oder die Typologie von Mastronardi, der sie in *Visionäre, Missionare, Lustmörder, Hedonisten* und *machtbesessene Kontrollfreaks* unterteilt. Ray Cooper ist *organisiert* und *power oriented,* und obwohl man ihn noch nicht mit Fug und Recht als Serienmörder bezeichnen kann, ist er ein Stalker, der sich vom Leguan angezogen fühlt, der tatsächlich ein Serienmörder war und seine Opfer tötete, weil er absolute Macht über sie haben und ihre Identität annehmen wollte.

Doch Ray Cooper ist nicht clever. Einer, der plant, Dutzende Taxis anzurufen, und dann zufällig das richtige erwischt, ist nicht clever, er ist einfach ein Zwängler, der Glück gehabt hat. Und so einen kann man leicht reinlegen.

Sie hat schon andere Kaliber kennengelernt, spöttische, zynische Supermänner, die überzeugt davon waren, Gott zu sein und alles unter Kontrolle zu haben, jedoch beim ersten Widerspruch einknickten, wie man an dem Lächeln, das auf ihren Lippen erstarb, sah, und bald darauf völlig zusammenbrachen. Mehr als einmal hatte sie den Verhörraum verlassen und ihre Kollegen hatten geklatscht, denn ein gutes psychiatrisches Gutachten ist nicht nur beim Staatsanwalt und beim Untersuchungsrichter hilfreich, es treibt auch traditionelle Ermittlungen voran. Carlisi, diesem Trottel zum Trotz, wenn man einen wie Ray Cooper versteht, dann schnappt man ihn auch.

Sie hat eine Idee.

Um Ray Cooper festzunageln und ihn dazu zu bringen zusammenzubrechen, muss man ihm seine Widersprüche vor Augen führen. Nicht zu dem, was er gesagt hat, denn er lügt bewusst, und auch nicht zu dem Bild, das er von sich entwirft, denn das verändert sich unablässig. Nein, man muss ihm das vor Augen führen, was er über sich weiß, sich aber nicht eingestehen kann. Denn das macht ihm Angst.

Sie braucht alle möglichen Informationen, und deshalb liest sie die Hausnummern auf der Piazza, auf der Suche nach dem Haus, in dem Marta wohnt.

Sie ist davon überzeugt, dass die Krankenschwester viel mehr weiß, als sie sagt. Sie hat Ray Cooper möglicherweise auch bei anderen Gelegenheiten gesehen, mehr oder weniger bewusst, egal, oder sie hat ihn besser beobachtet, als sie ihn beschrieben hat, oder vielleicht hat der Leguan mit ihr über ihn gesprochen. Deshalb will sie sich mit ihr unterhalten. Egal, ob sie sich ihres Wissens bewusst ist oder nicht, Anna Maria weiß, wie sie es ihr entlockt.

Sie hört auf, die Hausnummern zu zählen, denn am Rand des Parks hat sie das Dienstauto gesehen. Sie sieht die Wache der Einsatzpolizei unter dem Sonnenschirm und erkennt sie, obwohl sie in Zivil ist. Am Steuer sitzt ein Mann, ein Arm baumelt aus dem Fenster, und die Maske hängt nur an einem Ohr, neben einem sehr gepflegten Hipsterbart. Er beobachtet ein Mädchen mit einem sehr kurzen Rock, der trotz der Wärme zu sommerlich ist, und als er sieht, wie Anna Maria näher kommt, schaut er sie mit demselben Blick an. Er ist unentschlossen, ob er bei ihr verharren oder ihn wieder auf das Mädchen richten soll, das ihn offenbar mehr überzeugt.

– Dottoressa!

Cantarini kommt quer durch den Park gelaufen, während der Kollege im Auto den Blick schnell sowohl von dem Mädchen als auch von ihr abwendet. Anna Marias Blick hingegen fällt auf die Coop-Einkaufstüte, die der Ispettore in der Hand hält.

– Denken Sie ja nicht, ich würde im Dienst einkaufen gehen ... Die Krankenschwester hat mich gebeten, das für sie zu kaufen. Sie sagt, sie geht nicht hinaus, weil sie Angst hat. Ist ein sonderbares Mädchen, sie sollten auch von ihr ein schönes Gutachten machen.

– Ich bin dabei, mit ihr zu sprechen.

– Macht es überhaupt noch Sinn, hier zu sein, nachdem wir ihn geschnappt haben? Es hat ja ohnehin nicht viel gebracht, hier draußen zu warten.

– Ist das das Haus? Welches Stockwerk?

– Das letzte, ohne Lift. Wenn ich Sie um etwas bitten darf, Dottoressa, Sie gehen ja hinauf ...

Anna Maria nimmt Cantarini die Tüte aus der Hand und geht über die Straße, betritt durch die halb offene Tür den Flur. Ein enges Treppenhaus, typisch für ein Gebäude aus den Sechzigerjahren, mit Stufen aus grauem Marmor, Terrazzoplatten auf den Treppenabsätzen, und einem Metallgeländer mit übergroßem, hölzernem Handlauf. Beim Hinaufgehen wirft sie einen Blick auf den Einkauf: Zucker, Milch, Kekse, Kaffee, zwei Dosen Thunfisch.

Etwas außer Atem kommt sie oben an, das letzte Stockwerk ist tatsächlich das letzte, die Mansarde mit den beiden Türen gegenüber scheint ein ausgebauter Dachboden zu sein. Anna Maria liest die Papierschildchen auf den Klingeln, „Dumitrescu I." links, und „Leosetti M." rechts, kaum hat sie geklingelt, vibriert das Handy: eine Nachricht.

Sie ist von Granelli. Nach dem Verlassen von Carlisis Büro hat er sich die ganze Wut auf seinen Chef von der Seele geschrieben, dieser Trottel, dieses Arschloch, dieser Hund, dieser Widerling. *Enttäuscht, enttäuscht ...* Was glaubt er, dass es wie im Film einen Computerfreak gibt, der ein bisschen auf die Tasten drückt und schon erscheinen alle Daten auf dem Bildschirm, auch Infos der CIA und aus dem Deep Web? So funktioniert es nicht. Doch er hat einiges herausgefunden, er ist tüchtig, der Assistent Granelli, dem Trottel zum Trotz.

Ray Coopers Fanpage, die zu nichts mehr nütze ist, aber das wusste er nicht. Und eine ein paar Jahre alte Anzeige wegen Stalkings, bei der Drahtmäuse vorkommen. Bei der Staatsanwaltschaft war damals jemand, der auf derartige Übergriffe besonders sensibel reagierte und sofort alle Akten online stellte, die zu dieser Art von Verbrechen passten, auch Stalking. Granelli hatte einige Passwörter gebraucht, doch schließlich war es ihm gelungen, sobald er wieder im Büro ist, schickt er ihr die Anzeige. Ihr, nicht diesem Trottel, der soll scheißen gehen.

Tatsächlich taucht auf dem Bildschirm eine WhatsApp-Nachricht von Granelli auf, mit Anhang.

Anna Maria streicht mit der Spitze des Daumens darüber und das PDF geht auf, doch in diesem Augenblick öffnet sich auch Martas Wohnungstür, Marta schaut sie verblüfft, mit etwas offen stehendem Mund, an.

– Ich bin Dottoressa Cescòn ... wir kennen uns bereits. Sie erinnern sich doch, oder?

Marta nickt, tritt zur Seite und lässt sie hinein. Sie wirft einen Blick auf den Treppenabsatz, reckt den Kopf über die Schwelle, schaut nach links und nach rechts, dann schließt sie die Tür.

Das Apartment besteht nur aus einem zweigeteilten oder, besser gesagt, dreigeteilten Zimmer, wenn man auch den Rigips-Würfel in der Ecke dazurechnet, in dem sich wahrscheinlich das Bad befindet. Schlaf-Wohnzimmer und eine kleine Küche hinter einer Schiebetür, die Decke ist sehr niedrig, wahrscheinlich ist das letzte Stockwerk wirklich ein ausgebauter Dachboden.

– Ispettore Cantarini hat mir das für dich gegeben. Entschuldige, dass ich dich nicht davor angerufen habe, ich würde gern mit dir reden, passt es?

Marta nimmt die Einkaufstüte. Sie zuckt mit den Schultern.

– Ich mache Kaffee, sagt sie.

Dann streicht sie mit der Hand über die kurzen Haare, schlägt sich zweimal mit der Faust auf die Schläfe und verschwindet in der Küche.

Anna Maria lächelt und lässt den Blick über das Zimmer schweifen, auf der Suche nach etwas, das sie später brauchen kann, wenn sie Marta dazu bewegt, sich zu öffnen. Ein Stapel Mangas auf dem Nachtkästchen, rote Crocs neben dem Bett, ein einschläfriges Bett, das der Länge nach an der Wand steht. Leere, kahle weiße Wände, geschlossener Schrank, nichts liegt herum, nichts auf den Stühlen rund um einen Tisch. Darauf ein Tablet, aufgestützt auf der klappbaren Schutzhülle. Auf dem Bildschirm eine YouTube-Seite mit einem Lied, eine eingefrorene Schwarz-Weiß-Zeichnung.

Anna Maria nähert sich, um sie zu betrachten, drei Bilder ein- und desselben Mädchens, einer Japanerin offenbar, ebenfalls im Manga-Stil, lange schwarze Haare mit Stirnfransen, offener Trenchcoat und ein weißes Schriftzeichen auf dem ebenfalls schwarzen T-Shirt. In den Händen hält sie einen geschlossenen

Regenschirm, der nach unten zeigt, auf dem ersten Bild wirkt sie sehr traurig, sie weint sogar, mit Tränen in den Augenwinkeln, auf dem zweiten Bild hält sie die Augen geschlossen, zwei schwarze Linien über der feineren Linie des Mundes, der offenbar lächelt. Auf dem dritten Bild hat sie die Augen offen, aber der Ausdruck ist uneindeutig. Anna Maria versteht ihn nicht. Doch das kann ein guter Ausgangspunkt beim Gespräch mit Marta sein. Sie wird sie fragen, was das Mädchen ihrer Meinung nach denkt.

Im Untertitel ein Satz: *Bring mich weg von hier, bevor ich ertrinke.* Anna Maria berührt das kleine Dreieck in der Mitte der Zeichnung, sie erschrickt, als eine dünne Stimme auf Japanisch zu singen beginnt, denn sie ist viel zu hoch. Das Lied sollte lustig sein, eine Art unverständlicher Kinderreim, gleich darauf beginnt ein Schlagzeug zu trommeln, das den Rhythmus vorgibt, lebhaft, das Ganze sollte lustig sein, doch irgendetwas irritiert sie, keine Ahnung, warum. Ihr Unbehagen ist so groß, dass sie die Wiedergabe mit dem Finger stoppt. Vielleicht kann sie auch darüber mit Marta sprechen.

– Entschuldige, sagt sie in Richtung Küche. Sie liest *Lost Umbrella, Kaai Yuki*, und zieht das Handy aus der Bauchtausche. Auf dem Bildschirm ist noch immer Granellis PDF, sie will es wegdrücken, um etwas zu googeln, doch als sie mit dem Daumen über den Bildschirm streicht, schließt sie das Dokument nicht, sondern scrollt es weiter, und ein Satz, den sie wie nebenbei liest, springt ihr ins Auge.

Anna Maria scrollt den Text rauf, um den Anfang des Absatzes zu lesen. Diesmal liest sie den Text aufmerksam, erst als sie fertig ist, blickt sie auf.

Verwirrt blinzelt sie, perplex, am liebsten würde sie das Ganze noch einmal lesen, nur um die Gedanken zu stoppen, die ihr Hirn überfluten, doch in diesem Augenblick stülpt ihr Marta die Tüte über den Kopf, und das Handy fällt ihr aus der Hand.

Sie hat mich nicht gehört, weil ich eine Maus bin. Ich drücke ihr die Tüte aufs Gesicht, und mit einem Sprung bin ich auf ihrem Rücken, umschlinge ihre Taille mit den Beinen, meine Knöchel verhaken sich auf der Vorderseite. Ich ziehe eine Schlaufe der Tüte durch die andere und zurre sie im Nacken fest. Ich bin froh, dass sie kurze Haare hat. Ich klebe auf ihrem Rücken, sie kann mich nicht abschütteln. Ich bin eine Maus.

Als Anna Maria die Tüte an ihrem Gesicht spürt, reißt sie den Mund weit auf, um einzuatmen, und der säuerliche Plastikgeruch dringt ihr tief in den Rachen. Von Martas Gewicht auf dem Rücken und dem Druck auf ihren Hüften taumelt sie gegen den Tisch. Sie versucht den erstickenden Film auf ihrem Gesicht wegzukratzen, doch er liegt zu eng an, lässt sich nicht ablösen. Sie dreht sich um die eigene Achse und wirft sich nach vorne, doch Marta ist nicht abzuschütteln, sie stößt mit dem Hintern gegen den Tisch und das Tablet fällt auf den Boden. Das Lied erklingt aufs Neue, die Kinderstimme füllt das Zimmer, mit strengem und nunmehr schnellem Rhythmus, doch keine der beiden hört es. Die Übersetzung erscheint in Untertiteln, doch niemand liest sie.

Kleine Regentropfen fallen auf meine Augen, der Atem bleibt mir im Hals stecken. Doch für mich, die ich nie eine feste Form haben werde, ist das eine Erleichterung.

Anna Maria lässt sich nach hinten fallen und drückt Marta gegen die Wand. Irgendetwas knistert in ihrem Rücken, doch durch den Aufprall verliert sie das Gleichgewicht. Sie fällt zu Boden, mit Marta unter ihr, die die Beine noch fester zusammenpresst und an den Schlaufen zieht, die sie sich um die Fäuste geschlungen hat.

Die Zeit, die mir nicht hilft, mich an meine Stimme zu gewöhnen, verwandelt sich in einen feinen Regen, der mir den Weg versperrt.

Sie keucht, mit den Beinen auf dem Boden, sie versucht sich mit den Füßen abzustützen, um sich umzudrehen, doch es gelingt nicht. Sie greift nach hinten, doch ihre Finger können Martas zu kurze Haare nicht fassen. Sie trommelt mit den Fäusten gegen die Knie des Mädchens, die auf ihre Brust drücken. Sie kann nicht denken, Panik und Kohlenstoffdioxid rauben ihr den Atem, dann gleitet ihre Hand zur Bauchtasche und sie erinnert sich an die Pistole. Beim Herausholen des Handys hat sie den Reißverschluss offen gelassen, sie spürt den hölzernen Kolben und drückt ab, doch der Hammer blockiert, und sie drückt noch einmal ab, doch es löst sich kein Schuss.

Ich möchte den Schirm über meinem Kopf loswerden.

Anna Maria schreit atemlos, keine Stimme dringt aus dem offenen Mund. Sie breitet die Arme aus, ihre Knöchel schlagen weich auf den Boden und sie erschlafft zwischen Martas Beinen.

Diesmal habe ich mich auf das Kohlenstoffdioxid verlassen.

Ich hatte die Falle dem Polizisten gestellt, doch die Dottoressa ist hineingegangen. Besser, ist noch mehr wert.

Ich ziehe die Schlaufen noch mehr zu, um sicher zu sein, dann entspanne auch ich mich, flach unter dem Gewicht ihres Körpers. Es war anstrengend.

Aber ich habe keine Zeit. Ich stoße sie von mir und lasse sie auf der Seite liegen, mit der Tüte über dem Kopf.

Ich nehme ihre Pistole aus der Bauchtasche. Hübsch, klein, schwarz.

Aber ich habe keine Zeit.

Ich habe gerade angefangen.

Grazia sprang aus dem noch fahrenden Auto und zum ersten Mal verursachte ihr die Wunde des Kaiserschnitts einen stechenden Schmerz.

Viele Polizeiautos standen da und viele Schaulustige waren im Park. Die Polizisten, die vor dem Haustor Wache hielten, hatten sie gesehen, wie sie aus einem Auto mit Sirene und Blaulicht sprang, deshalb hielten sie sie nicht auf, als sie hineinstürmte, ohne sie zu beachten.

Im Flur stand der Polizist mit dem gepflegten Bart, er ließ sie vorgehen und folgte ihr im Laufschritt, denn sie nahm zwei Stufen auf einmal. Auf halber Höhe musste Grazia jedoch innehalten, sie keuchte und die Wunde brannte wie Feuer. Cantarini kam ihr entgegen, mit der Pistole in der Hand.

– Ich habe doch gesagt, es bringt nichts, unten Wache zu halten! Verdammt, haben wir ihn nicht schon geschnappt? Komm rauf … Sie hat gesagt, sie will nur mit dir sprechen, sonst mit niemandem!

Grazia bedeutete ihm zu warten, sie keuchte, um wieder zu Atem zu kommen. Dann ging sie weiter hinauf, aber langsamer, mit einer Hand am Geländer. Sie wusste kaum etwas über das, was vorgefallen war, genauso wenig wie Carlisi, der sie angerufen und ihr gesagt hatte, sie solle sofort zur Piazza dell'Unità kommen. Marta und Cescòn sei etwas zugestoßen.

– Die Krankenschwester sagt, sie saß mit der Dottoressa da und unterhielt sich, als es klingelte. Sie dachte, ich sei es, und hat aufgemacht, doch es war wer anderer, keine Ahnung, sie konnte nichts Genaueres sagen, sie sagte, sie sei davongelaufen, während er die Dottoressa umbrachte. Am Telefon hat sie wie eine Verrückte gebrüllt, doch als ich die Wohnung betreten habe, hat sie auf mich geschossen. Sie ist in der Küche und sagt, sie will nur mit dir sprechen, nur mit dir.

Auf dem obersten Treppenabsatz standen einige bewaffnete Polizisten. Ein weiterer stand im Wohnzimmer, er lehnte an der Wand neben der Schiebetür, die in die Küche führte. Sie machte ihm ein Zeichen, er solle zur Seite treten, aus der Schusslinie gehen. Grazia sah Anna Maria auf dem Boden liegen, mit der Tüte über dem Kopf, und sie musste dem Polizisten ein weiteres Zeichen geben, damit er zur Seite trat. Auch hier, an der Wand neben ihm, konnte sie den Blick nicht von der Leiche abwenden. Dann drehte sie sich zur Küche um und spähte vorsichtig hinein.

Der Schuss dröhnte wie ein Donner, sie warf sich zu Boden, die Wunde und ihre Knie brannten. Das Projektil zersplitterte den Türpfosten, zum Glück ganz oben.

– Marta!, schrie Grazia. – Ich bin's! Grazia! Die mit den Babys!

Ihre Kollegen hatten die Pistolen gezogen, und sie machte ihnen ein Zeichen, sie fallen zu lassen, denn sie hatte nicht nur Angst vor Marta, sondern auch vor ihnen.

– Marta, ich komme jetzt zu dir! Bitte erschieß mich nicht!

Vorsichtig machte sie einen Schritt zur Seite, streckte einen Arm hinein, dann den ganzen Körper, und betrat die Küche.

Marta saß unter der Spüle. Als sie Grazia sah, warf sie Anna Marias Pistole von sich und umarmte sie, versenkte das Gesicht an ihrer Schulter, von einem schier unendlichen Weinkrampf geschüttelt.

Grazia streichelte ihren Kopf, küsste sie sogar auf die kurzen Haare und zog sie ganz vorsichtig aus der Küche. Sie drückte mit der Hand auf ihren Nacken, damit sie das Gesicht nicht hob und Anna Marias Leiche sah.

Innerhalb von Sekundenbruchteilen fielen ihr drei verschiedene Dinge ein.

Erstens: Wenn jemand eingedrungen war, um Marta umzubringen, und stattdessen Cescòn getötet hatte, dann war Ray Cooper nicht ihr Mann. Oder nicht er allein.

Zweitens: Wenn Ray Cooper nicht ihr Mann war, beziehungsweise nicht er allein, lief irgendwer frei herum.

Drittens: Sie waren alle in Gefahr. Marta, Simone, sie. Die Babys.

Marta löste das Gesicht von Grazias Schulter und sah sie mit weit aufgerissenen Augen an. Sie war nicht sehr viel kleiner als sie, doch sie musste den Kopf in den Nacken legen, um sie anzusehen, und in dieser Haltung tat sie ihr unendlich leid.

– Darf ich jetzt zu dir?

Grazia nickte entschlossen.

– Ja, komm zu uns. Ganz ruhig, Marta, ich kümmere mich um dich.

Sie nahm sie an der Hand und führte sie rasch hinaus. Im Hinausgehen nahm Marta die Maske, die am Türgriff hing. Sie legte sie schnell an und drückte sie auf die Nase, das enge Gummiband drückte ihre Ohren nach vorne. Wie Elefantenohren.

Oder wie die einer Maus.

Ich hatte eine Idee.
   Es hat funktioniert.

Teil drei
Die Maus

Amor
It's not a joke
I want to kill 'em
I'm not looking for God.

Amor
Es ist kein Witz
Ich will sie umbringen
Ich suche nicht Gott.

MELANCHOLIA, *Léon*

Spannung liegt in der Luft. Und zwar nicht nur, weil ein Gewitter im Anzug ist, das spüre ich am Geschmack nach nassem Eisen, den ich in Mund und Nase habe. Als die Polizistin der Eskorte, die immer so fröhlich und freundlich ist, Grazias Anruf entgegennimmt, verändert sich ihre Stimme, sie wird nervös, und obwohl sie flüstert und mir nicht mehr sagen will, verstehe ich, dass etwas Merkwürdiges geschehen ist.

Sie führt mich ins Kinderzimmer und schließt die Tür. Ich bleibe aufrecht stehen und lausche, wie die Babys in ihrem leichten Schlaf sanft atmen, dann versuche ich mich zu bewegen, ohne gegen etwas zu stoßen, doch offenbar ist das Zimmer so gut wie leer. Dort, wo das Atmen lauter wird, stoße ich mit dem Bein gegen das Kopfteil des Betts, doch sie liegen nicht hier. Ich senke den Kopf, folge dem Geruch nach Puder und Milch, und meine Finger stoßen auf ein Geflecht, das zu wippen beginnt: ein aufgehängter Korb. Ich stoppe die Bewegung und warte mit angehaltenem Atem, bevor ich mich auf das Bett darunter setze.

Ich will nicht hierbleiben.

Auf die Ellbogen gestützt rutsche ich nach hinten, doch ich halte inne, denn Grazias Geruch auf dem Kissen bereitet mir Unbehagen. Ich verstehe nicht, was zwischen uns vorgefallen ist. Ich verstehe nicht, warum.

Ich höre, dass sich im Korb etwas bewegt. Ich habe Angst, dass die Babys aufwachen, lege die Finger an den Rand des Korbs und schaukle ihn sanft, dann wandere ich mit den Fingerspitzen vorsichtig über den Rand, wie mit einer Sonde. Mit der Spitze des Zeigefingers fühle ich etwas Warmes, Glattes, das so klein, so zart ist, dass ich erschauere, als ob ich die Hand eines Skeletts berührt hätte. Es ist tatsächlich eine Hand, fadenförmige Finger, spitze Nägel, knochige Handfläche, wie eine Vogelklaue, kaum strecke ich den vorderen Fingerknochen aus, packt mich die Klaue mit einer ungeahnten Kraft.

So verharre ich, auf einem Ellbogen aufgestützt und den anderen Arm ausgestreckt, unbeweglich, in einer unbequemen Position, keine Ahnung, wie lange. Im Bann einer Zärtlichkeit, die mir das Herz zerreißt und mich schweigend alle Tränen vergießen lässt, die in mir sind. Ich habe Angst, diesen hartnäckigen und instinktiven Griff aufzugeben, denn ich will die weiche Wärme nicht verlieren, die meinen Finger umgibt und ein zitterndes Lächeln auf meine Lippen zaubert, doch ich hoffe, dass es bald vorbei ist.

Ich will nicht hierbleiben.

Ich will nicht hierbleiben.

Das Gewitter brach los, als Grazia noch im Auto saß, nur ein paar Kurven vom Haus entfernt. Sie hatten eine andere Straße genommen, die noch länger und gewundener war, der Polizist, der auf dem Beifahrersitz saß, blickte starr nach hinten, um zu sehen, ob ihnen jemand folgte, und der andere am Steuer konzentrierte sich aufs Fahren, um nicht im Graben zu landen. Grazia saß neben Marta, mit einer Hand auf dem Türgriff und dem Arm um ihre Schultern, als hielte sie ein Vögelchen unter ihren Fittichen. Marta sah sie von unten an, ohne den Blick abzuwenden, und als Grazia es bemerkte, lächelte sie ihr zu, doch dann begann sie gleich wieder nachzudenken und nagte an der Innenseite ihrer Wange.

Zuerst grollten nur dumpfe Donner wie in einem leeren Bauch, dann kam der Regen, und die Blitze schienen den Himmel regelrecht zu spalten. Grazia und Marta sprangen aus dem Auto und liefen unter den traubengroßen Regentropfen, die auf die Erde prasselten, zum Haus, und als sie die Tür erreichten, die Ersilia ihnen aufhielt, waren sie klatschnass. Nur sie beide, die beiden Polizisten hatten zurückgestoßen, bis das Auto fast das Tor berührte, und waren darin sitzen geblieben.

Ersilia sah sie kopfschüttelnd und mit in die Seiten gestemmten Fäusten an.

– Das ist jetzt also die Wohngemeinschaft der Schutzbefohlenen, oder?

Grazia fuhr sich mit den Händen durch die Haare und wischte sie am Boden ab.

– Wo ist Simone?
– Oben, auf seinem Sofa. Unbeweglich wie eine Mönchsstatue.
– Die Babys, sie weinen ...

– Alles in Ordnung, das Gewitter macht sie nervös. Grazia … – sie hielt sie fest, bevor sie die Treppe hinaufging, – wir sind hier keine Babysitter, Carlisi ist am Telefon, in der Küche, das ist die einzige Stelle, wo ich Empfang habe, wir müssen uns über einiges unterhalten …

– Darf ich hinaufgehen?

Marta hatte die Hand gehoben, wie eine Schülerin. Sie nickte, die Begeisterung leuchtete in ihren Augen. Sie strich sich schnell mit der Hand über die Haare.

– Marta …

– Ich bleibe bei ihnen. Ich bin ausgebildete Pflegehelferin, ich habe ein Diplom in Kinderpflege, ich kenne mich aus. Bitte. Ich bitte dich.

Grazia wechselte einen Blick mit Ersilia, die mit den Schultern zuckte.

– Okay, ist gut. Ich komme gleich nach.

Sie sah ihr zu, wie sie die Stufen hinaufstürmte, mit den nassen Socken in den Crocs hin und her rutschend, und von hinten, im Licht des von oben einfallenden Lichts, wirkten ihre abstehenden Ohren fast durchsichtig.

– Grazia? Ich bin's, Cantarini, der Dottore ist mit dem Staatsanwalt und einem Haufen Offizieren der Carabinieri im Nebenzimmer, und soweit ich hören kann, reißen sie ihm den Arsch auf. Fürs Erste bittet er um Bestätigung der Daten, die die Krankenschwester geliefert hat, denn sie müssen die Fahndung rausgeben. Männlich, groß, dunkelhaarig, schlank, weiße Maske, bestätigt? Sonst nichts? Soviel ich verstanden habe, ist das Mädchen sofort unter die Spüle gekrochen, zum Glück hatte sie die Pistole, doch wenn du ihr noch was entlocken kannst … Warte, der Dottore ist zurück.

– Grazia? So ein Durcheinander. Auch Iaccarone hat mich angerufen, sein Bologna, sein Bologna … so ein Arschloch. Es tut mir leid wegen der Dottoressa, wirklich, auch wenn sie eine Idiotin war. Doch es tut mir auch wegen mir leid. Ich kann mir keine weiteren Toten erlauben, also tut schön, was Ersilia sagt, sie hat jetzt das Kommando. Wir können euch keine weiteren Polizisten schicken, denn wir brauchen sie alle für die Fahndung. Wir werten das Material der Videokameras aus, und endlich ist auch die Spurensicherung da, verdammt noch mal, doch es wäre wunderbar, wenn du dem Mädchen noch was entlocken könntest. Ciao … Ach, warte, da ist noch was.

– Kommissarin Negro? Ich bin's, Granelli, nur eine Gefälligkeit, hier herrscht ja totales Chaos … Dottoressa Cescòn hatte mich gebeten, die Anzeigen wegen Stalkings zu überprüfen, und ich habe auch tatsächlich eine gefunden, ich schicke sie Ihnen. Ja, Dottore, ich weiß, das interessiert uns nicht … doch ich habe das Opfer gefunden, sie lebt in England in der Nähe von London, ich erwarte einen Anruf in ein paar Stunden, könnten nicht Sie mit ihr sprechen, Frau Kommissar? Der armen Dottoressa zuliebe … danke.

Meine lieben hübschen Babys, bitte weint nicht.

Meine lieben hübschen Mäuse, ich bin auch eine Maus, ich heiße Andrea. Bitte, hört auf. Ich singe für euch.

Ich singe: *Bring mich weg von hier, bevor ich ertrinke.*

Ihr seid so klein. Neugeborene, noch blinde Mäuse. Ihr habt spitze Klauen und eure hochgezogenen Lippen lassen zahnlose Kiefer sehen. Rote Flecken auf der Haut, die um die Nase herum etwas schuppig ist. Zusammengekniffene Augen unter den Falten der gerunzelten Stirn.

Bitte, hört auf, bitte.

Solange ich sehen kann, will ich, dass es aufhört, oder etwas Ähnliches – ich kann nicht viel dafür tun.

Liebt mich bitte. Ich bin wie ihr. Ich stecke den Kopf in den Korb und drücke mein Gesicht in eure Decken. Ich reibe meine Nase an euren Frotteebäuchen. Kratzt meine Wangen mit euren spitzen Krallen. Beißt mich in meine Mäuseohren. Ich möchte mich zu euch legen, aber ich bin noch nicht so klein.

Trotz dieser feuchten Hand, von der ich mich trennen muss, trotz der Bonbons, deren Geschmack ich hasste, habe ich beschlossen, die Katastrophe vor dem Fenster nicht zu beachten, ich habe meinen Blick vielmehr auf einen sehr fernen Ort gerichtet, wo die trockenen Blumen aufblühen.

Liebt mich, liebt mich.

Ich bitte euch, liebt mich.

Ich will nicht, dass ihr mich wütend erlebt.
  Das kann ich euch versichern.
  Nein.

Warum haben sie zu weinen aufgehört?

Ich hatte mich schon an das gepresste, wiederkehrende Geräusch gewöhnt, das zuerst schrill war wie ein Schrei und dann in Wimmern überging, aber nach wie vor laut und stimmhaft war, sodass es sogar das kompakte Prasseln des Regens draußen übertönte. Nicht aus Gefühllosigkeit bin ich auf meinem Sofa sitzen geblieben, sondern nur, weil ich nicht wusste, was ich hätte tun sollen, wenn ich zu ihnen hinüberging. Irgendwann dachte ich, Grazia sei hereingekommen, oder die Polizistin mit der fröhlichen Stimme. Ich war beinahe eingeschlafen.

Dann sind zwei Dinge passiert.

Das Prasseln des Regens wurde immer dichter und schwerer, der eisenhältige Hauch des Gewitters auf meinem Gesicht hat mich geweckt.

Da habe ich festgestellt, dass die Babys nicht mehr weinten.

Warum nicht?

Mittlerweile weiß ich, welchen Weg ich nehmen muss, ich kann das Sofa verlassen und in ihr Zimmer gehen, ohne mit den Füßen am Boden zu schleifen. Also gelange ich ganz leise an mein Ziel, auch das Prasseln des Regens überdeckt meine Geräusche, und als ich an der Schwelle stehe, höre ich unterdrücktes Schluchzen.

Da ist jemand im Zimmer.

– Grazia, flüstere ich, obwohl ich weiß, dass sie es nicht ist.

– Ich bin Marta.

Sie hat eine Kinderstimme, die von irgendetwas gedämpft wird, vielleicht von einer Maske, und wenn sie nicht so nahe bei mir wäre, gleich zu meiner Rechten, hätte ich sie vielleicht gar nicht gehört. Doch sie ist kein Kind.

Wann ist sie hereingekommen? Während ich geschlafen habe? Sie kann nicht so leise gewesen sein, dass sie unbemerkt am Sofa vorbeigegangen ist, nicht einmal bei dem Prasseln des Regens. Irgendetwas irritiert mich, mehr noch, verstört mich.

Macht mir Angst.

– Ist das Fenster offen?

Ich bewege mich in Richtung des nassen Luftstroms vor mir. Ich beeile mich zu sehr und stoße mit dem Bein gegen das Kopfteil des Betts, es tut weh, aber ich will das Fenster schließen.

Ich will die Babys berühren.

Wissen, wie es ihnen geht.

Ich stehe mit nackten Füßen in einer kalten Wasserlache am Boden. Ich finde die Fensterflügel, indem ich die Finger über den Rahmen gleiten lasse, und will schon das Fenster schließen, als der Wind dreht und das Gewitter einen Augenblick lang leiser wird.

Da höre ich es.

Das Geräusch.

Mit einem Mal verschmelzen alle Empfindungen, die von dieser Erinnerung ausgelöst worden sind, die rauen Lavendelblüten zwischen den Fingern, die staubige Luft auf dem Gesicht, sie werden zu einem klaren Geräusch, ein Schaben und Klopfen, spitz und stumpf, und ich kann es mir vorstellen, indem ich die Teile zusammensetze wie ein dreidimensionales Mosaik.

So deutlich und so identisch, dass ich glaube, wieder bei mir zu Hause im Fitnessraum zu sein, im Bann derselben totalen Angst wie jetzt.

Es ist dieses Geräusch.

Die Person, die es damals verursacht hat, ist jetzt bei mir.

Er sieht mich nicht an, ich weiß, er kann mich nicht sehen, er dreht nicht einmal das Gesicht zu mir und wendet mir noch immer den Rücken zu, doch ich verstehe ihn trotzdem, denn er ist steif geworden, er steht unbeweglich mit ausgebreiteten Armen am Fenster, wie gekreuzigt.

Er weiß, wer ich bin.

Er ruft Grazia, doch seine Stimme verliert sich im Grollen des Gewitters. Er beugt sich in meine Richtung und fuchtelt mit den Händen, doch er erwischt mich nicht.

Ich bin eine Maus.

Ich tauche unter den Armen durch, die mich zerquetschen könnten, und packe den Knöchel des Beins, das weiter vorne steht. Ich zerre daran und löse es vom Boden, er schwankt, und bevor er das Gleichgewicht wiedergewinnt, schubse ich ihn zum Fenster und stoße ihn hinunter.

– Was war das?

Grazia hob den Kopf, weil sie glaubte, auf der Hinterseite des Hauses einen dumpfen Aufprall gehört zu haben.

– Das ist nur das Gewitter, sagte Ersilia. – Keine Sorge. Ich denke: Wenn unser Mann wüsste, wo wir sind, wäre er schon früher gekommen.

Sie hatte Kaffee gekocht und goss Grazia eine Tasse ein, die den Kopf schüttelte.

– Ich bin schon nervös genug, – tatsächlich brannte die Innenseite ihrer Wange, – ich habe keine Angst, ich bin nur müde.

– Leg dich ein wenig hin. Du kannst ohnehin nichts machen. Draußen läuft die größte Fahndung seit der Zeit der Uno-bianca-Bande, – *wer?*, dachte Grazia –, und hier drin sind wir. Eine Wache am Tor, Fedrini hier in der Küche, nachdem er den Jungs im Auto einen Kaffee gebracht hat, und Ersilia als Joker. Hast du deine Pistole? – Grazia griff nach hinten, wo die Beretta im Jeansgürtel steckte. – Was willst du mehr? Mach ein schönes Schläfchen, los. Ich kümmere mich hier um alles.

Grazia nickte. Sie wollte ihre Nachrichten am Handy lesen, doch Ersilia drängte sie vom Stuhl, *los, los*.

Sie ging die Treppe hoch und warf einen Blick auf das Sofa, doch Simone war nicht da. Sie ging geradeaus, in der Meinung, ihn bei den Babys zu finden, doch beim Anblick des weit offenen Fensters, bei dem es nahezu hereinregnete, vergaß sie ihn.

– Ist es nicht zu kalt?

– Nein, sagte Marta, – die Babys brauchen frische Luft. – Sie kniete auf dem Bett, auf den Fersen hockend, und schaukelte den Korb. Eine Hand hatte sie hineingestreckt.

Grazia trat näher und betrachtete die ruhig schlafenden Babys, die auf der Seite lagen. Eines der beiden verzog die Wange in einem Reflex, der wie ein Lächeln wirkte.

– Ich habe das Fläschchen der Milchpumpe gefunden. Ich habe ihnen zu trinken gegeben, und sie haben ein Bäuerchen gemacht. Ich habe ihnen auch die Windeln gewechselt.

– Bravo, Marta, du bist engagiert. Das Fenster mache ich jedoch zu, nicht wegen ihnen, sondern wegen mir, ich bin noch ganz nass. Hast du Simone gesehen?

Marta sagte nichts. Sie betrachtete Grazia, die die Pistole aus dem Gürtel zog und sie mit dem Halfter auf das Bett legte. Auf ihre typische Weise, mit aufgerissenen Augen, sodass Grazia zögerte, das nasse T-Shirt auszuziehen, der starre Blick und das Lächeln, das sie unter der Maske vermutete, machten sie verlegen. Doch auch sie lächelte, aufgrund eines zarten und unschuldigen Glücksgefühls. Sie nahm ein anderes T-Shirt aus der Tasche auf dem Boden, und dann zog sie auch die Jeans aus, denn Marta hatte recht, bei geschlossenem Fenster entstand im Zimmer eine tropische Schwüle. Sie streckte sich auf dem Bett aus, mit der Pistole auf dem Boden, und faltete das Kissen, damit ihr Kopf höher lag. Marta rückte zur Seite, um ihr Platz zu machen.

– Bist du sicher, dass du dich an gar nichts erinnerst? Was für eine Stimme hatte er, was für einen Akzent … Hat er denn nichts gesagt?

Marta zuckte mit den Schultern.

– Schon gut, nimm dir Zeit, aber nicht allzu viel, denn wir brauchen Informationen, verdammt, ich bin so müde, dass ich gar nicht denken kann.

– Dann schlaf.

Marta strich ihr mit der Hand über die Stirn, fuhr ihr durch die Haare, so zart, dass Grazia es fast nicht bemerkte.

– Ich kümmere mich darum, schlaf.

– Das sagt man mir heute schon zum zweiten Mal, – und sie wollte hinzufügen, *die einzigen beiden Male in meinem Leben,* doch ihre Lider wurden schwer, während Marta den Punkt zwischen ihren Augen massierte, wie sie es auch bei den Babys gemacht hatte, und sie wäre gern eingeschlafen wie sie, mit dem Arm auf der Decke, auf der Seite liegend, mit halb offenem Mund und dem Reflex eines Lächelns auf der Wange.

Einen Augenblick lang dachte sie, dass Marta auch ihr das japanische Lied vorsingen würde, und sie wollte schon sagen, nein, es gefiele ihr nicht, doch sie schlief davor ein.

Doch Marta wollte gar nicht singen.

Sie flüsterte ihr zu: – Ganz ruhig. Wir sind da. Ich, du und die Babys. Die anderen brauchen wir nicht. Nur wir.

Und dabei dachte sie: *Liebe mich.*
Du wirst mich lieben, nicht wahr?

Nicht wahr?

Sie sind zu dritt. Zwei im Auto und einer draußen, mit einem Schirm über dem Kopf und über dem Tablett mit den Espressotassen.

Mir fällt die Zeile *ich möchte den Schirm über meinem Kopf loswerden* ein, aber ich habe nicht genug Zeit. Unter einem unablässigen Regen, der mich bedeckt wie ein Schatten, schleiche ich mich von hinten an den Polizisten an, der sich zum Autofenster beugt und lacht, hebe die Pistole, die ich Grazia abgenommen habe, und schieße ihm in den Kopf.

Die im Auto haben nicht mal die Zeit, sich das Blut aus dem Gesicht zu wischen, ich warte nur, bis der draußen zu Boden gefallen ist, dann leere ich das Magazin der Pistole, die ich mit beiden Händen halte, bis der Abzug blockiert und die beiden nicht mehr auf den Sitzen vor- und zurückschnellen.

Ich werfe sie weg und nehme die des Polizisten, der den Schirm hielt. Ich denke *ich halte den Schirm über meinem Kopf wie den Heiligenschein der Welt* und würde ihn gern an mich nehmen, doch ich habe nicht genug Zeit.

Die Tür geht auf und die untersetzte Polizistin tritt auf die Schwelle. Trotz des Gewitters hat sie die Schüsse wohl nicht für Donner gehalten, doch sie kapiert nicht, was los ist, und blickt sich um, fürs Erste bloß argwöhnisch.

Sie sieht mich, eine Silhouette im Gewitter, klatschnass und schwarz, doch sie erkennt mich noch immer nicht.

– Fedrini, bist du es?, sagt sie und legte eine Hand auf das Halfter an ihrer Hüfte.

Ich verpasse ihr drei Schüsse in den Bauch und einen in den Kopf, sobald sie am Boden liegt.

Grazia wachte schlagartig auf und setzte sich so ruckartig auf, dass ihr die Luft wegblieb, ihr Herz schlug wie verrückt.

Ein Donner hatte so bösartig und laut gekracht, als ob das Dach eingestürzt wäre, doch nicht das hatte sie aus dem bleiernen Schlaf geweckt, sondern der Klingelton des Handys, vor allem das Vibrieren, denn das Handy war unter ihren Hintern gerutscht.

„London" stand auf dem Display, neben einer unbekannten Nummer, die mit „0044" begann. Es dauerte eine Zeit lang, bis Grazia sich an die Worte Granellis erinnerte, dass er Cescòn zuliebe das Stalking-Opfer in England aufgetrieben hatte, und alles andere. Am liebsten hätte sie es läuten lassen, bis der Anrufer genug bekam und auflegte, doch das Vibrieren wollte einfach nicht aufhören.

Es war ein Videoanruf. Grazia warf einen Blick auf die Babys, die ruhig schliefen, fuhr sich durch die Haare, leckte mit der Zunge über die Zähne und hob ab, wobei sie darauf achtete, dass die nackten Beine nicht mit aufs Bild kamen. Der Anruf würde jedenfalls nicht lang dauern, denn sie hatte vergessen, das Handy aufzuladen, und der Akku war schon fast leer.

– Dottoressa Cescòn? Maria Carlini, freut mich sehr.

– Ich bin Kommissarin Grazia Negro, die Dottoressa ist … gerade nicht zu erreichen. Ich bin für die Ermittlungen zuständig, Sie können mit mir sprechen.

– Was soll ich Ihnen sagen? Ich sage *endlich,* nicht mehr.

Grazia neigte das Handy, damit man das Kissen hinter ihr nicht sah. Sie versuchte nur die weiße Wand aufzunehmen und hoffte, dass die Babys nicht gerade jetzt zu weinen anfingen. Das Mädchen am anderen Ende der Leitung hingegen saß vor einer schönen Bücherwand, offenbar in einem eleganten Apartment. Auch sie war elegant, obwohl der Blazer und die Bluse mit dem Spitzenkragen und auch die Perlenkette besser zu einer älteren Frau gepasst hätten. Maria Carlini war jedoch gerade mal gut zwanzig.

– Haben wir meinen Vater also überzeugt.
– In welcher Hinsicht?
– Ich sagte ihm, es gebe die Polizei, das Gesetz, den Staat, wozu sonst studiere ich Jus, ich wollte ja auch Kommissarin oder Staatsanwältin werden ... Ich sagte, machen wir eine Anzeige, du wirst sehen, und er, na gut, und Maddalena?
– Maddalena?
– Maddalena ist meine Tante, die Schwester meiner Mutter. Sie hatte einen Nachbarn, der sie verfolgt hat, seitdem sie ein Mädchen war. Anzeige, Verwarnung, Haft, Maßregelvollzug, er saß sogar eine Zeit lang im Gefängnis, doch es half alles nicht, er hat immer wieder damit begonnen, meine Tante war verzweifelt, und was hat ihre Familie schließlich mit ihr gemacht?
– Was hat sie gemacht?
– Sie haben sie ins Ausland geschickt. Ich hingegen wollte standhalten, doch immer, wenn ich eine Maus fand, puh, mir wird jetzt noch schlecht, wenn ich daran denke. – Sie meinte es ernst, denn ihr Gesicht verzog sich zu einer schmerzhaften Grimasse, und jetzt wirkte sie wirklich älter. – Also bin auch ich gegangen, ich wollte ohnehin ein Erasmus-Semester in London machen. Mit einem Wort, ich bin davongelaufen. Jetzt studiere ich hier Internationales Gesellschaftsrecht, Kommissarin oder Staatsanwältin werde ich nicht mehr.

Ihr Tonfall war wütend, als ob das Grazias Schuld wäre. Das machte sie verlegen, und als Maria sie fragte, warum sie ausgerechnet jetzt mit ihr sprechen wollten, wusste sie nicht, was sie antworten sollte.

– Wir glauben, dass wir ihn geschnappt haben, sagte sie, obwohl das wahrscheinlich nicht stimmte.
– Geschnappt? Wen?
In Maria Carlinis stimme lag ein seltsamer Tonfall. Verblüffung.
– Ihren Stalker. Wir haben gute Gründe zu glauben, dass er …
– Er? Ein Mann? Aber es ist kein Mann! Es ist ein Mädchen! Ein halbes Kind! Das steht in der Anzeige, haben Sie sie nicht gelesen?

Nein, sie hatte sie nicht gelesen. Das bereute sie, denn Maria Carlini beschrieb ihr das Mädchen, wie es in der Anzeige schwarz auf weiß stand.

Klein, mit kurz geschorenen Haaren, großen Augen und abstehenden Ohren.

Maria sprach noch, ihre Stimme wurde immer schriller, sie schrie sogar, doch da gab der Akku des Handys plötzlich den Geist auf.

Ich bin nackt und mir ist kalt.

Ich habe mir die klatschnassen Kleider vom Leib gerissen, sie waren zu schwer.

Ich habe die roten Abdrücke meiner nackten Füße auf den Stufen hinterlassen, bis das Blut der Polizistin vom Regen weggewaschen wurde.

Ich bin die Treppe hinaufgelaufen, doch das Zimmer mit dem Sofa war leer.

Die Tür war verschlossen.

Warum?

Warum?

Liebst du mich nicht?

Warum?

Klein, kurze Haare, große Augen und abstehende Ohren.

Marta.

Sie war nicht die einzige Person auf der Welt, auf die die Beschreibung zutraf, doch Grazia war sich sicher, dass sie es war. Das erklärte vieles. Die Bekanntschaft mit dem Leguan, die Vertrautheit, die Möglichkeit, die Anstalt zu betreten, ohne eine Tür aufbrechen zu müssen, das Fehlen von Spuren oder Fingerabdrücken eines Dritten am Tatort, die Tatsache, dass sie immer im richtigen Augenblick am richtigen Ort gewesen war … Die Carabinieri hatten sie am Tag des Massakers nicht gerettet, sie hatten sie unterbrochen!

Mit dem stummen Handy in der Hand sagte Grazia zu sich, dass sie eine Idiotin war. Sie hätte es viel früher bemerken müssen, alle hätten es bemerken müssen, wenn sie die Situation nicht so falsch interpretiert hätten, weil Marta so klein und hilflos war … Und sie hatte sie hereingelassen! Sie hatte sie in ihre Mitte geholt!

– Wo ist meine Pistole?

Auf dem Boden lag nur das leere Halfter.

Erst jetzt hörte sie die Schüsse. Sie erkannte sie trotz des Gewitters, des Regens und des Donnergrollens, es waren Schüsse aus einer Beretta 92, einer Dienstwaffe, wie sie und ihre Kollegen sie trugen. Viele Schüsse.

Grazia sprang auf. Ein Schlüssel steckte im Schloss, sie drehte ihn so heftig, dass sie sich wehtat, und sie drückte auch die Klinke, um sicherzugehen, dass die Tür abgesperrt war. Draußen standen vier bewaffnete, ausgebildete Kollegen, doch sie hatte schon ähnliche Situationen erlebt und sie wusste, dass man sich auf nichts verlassen konnte. Nicht einmal auf Ersilias Professionalität.

Nicht einmal auf Martas große Augen und ihr dünnes Stimmchen.

Sie löste den Korb vom Kleiderständer, stellte ihn auf den Boden, hinter das Bett, und kauerte sich ebenfalls hin, warf sich schützend über die Babys.

Sie starrte auf die Tür und wartete darauf, dass Ersilia rief, *ich bin's, Grazia, wir haben sie gefasst.*

Ihr wurde flau im Magen, als sie dachte, *oh Gott, Simone!*, denn erst jetzt fiel ihr ein, dass auch er da draußen war.

Dann wurde inständig, hartnäckig, wütend an der Türklinke gerüttelt.

Es war Marta.

Ich schreie: Mach auf, Grazia, ich bin's.
　Ich schreie: Mach auf, Grazia, ich bin Marta.
　Ich schreie: Nur wir, nur wir, ich, du und die Babys.
　Ich schreie: Warum?
　Ich weine: Warum, Grazia, warum?

Grazia dachte, vielleicht könne sie durch die Tür hindurch mit ihr sprechen. Zeit gewinnen. Vielleicht hatten sich die Kollegen nur irgendwo verschanzt und konnten eingreifen, wenn es ihr gelang, sie abzulenken. Vielleicht konnte sie sie hereinlassen und sich auf sie werfen. Sie überwältigen. Einen Augenblick lang überlegte sie auch, ob sie nicht die 113 anrufen sollte, doch dann fiel ihr ein, dass ihr Handy keinen Akku hatte.

Sie wollte schon *Marta* sagen, als die Detonation eines Schusses sie in ihrer Hocke auf und ab federn ließ. Die Tür bebte und eine Staubwolke drang aus einer Angel, doch sie ging nicht auf. Der Schlüssel wurde in die Mitte des Zimmers geschleudert, und das Schlüsselloch klaffte weit offen wie der von einem Schlaganfall verzerrte Mund.

Marta hatte auf das Schloss geschossen.

Grazia wusste, dass man auf diese Weise keine Türen öffnen kann. Nur im Film konnte man immer wieder sehen, wie das ganze Schloss weggesprengt wurde und die Tür aufging, in Wirklichkeit versperrte jedoch das Projektil das Schloss, das sich nicht mehr öffnen ließ, und oft prallte es auch noch ab, manche hatten sich bei dem Versuch sogar umgebracht.

Marta schrie, und Grazia hoffte, sie hätte sich verletzt, doch gleich darauf hörte sie, wie sie an der Klinke rüttelte und mit den Fäusten gegen die Tür hämmerte und ihr Tritte versetzte, zum Glück war sie zu klein und zu schmächtig.

Gleich darauf ließ sie ab, und Grazia hörte, wie sie hinter der Tür weinte. Leise, als ob sie das Gesicht in den Händen hielte.

Sie wollte noch einmal *Marta* sagen, doch ein neuerlicher Schuss ließ sie verstummen. Diesmal durchdrang das Projektil die

Schlossplatte, streifte den Korb oberhalb des Betts und schlug in der Wand hinter Grazia ein. Die Babys begannen zu weinen, oder vielleicht weinten sie auch schon länger und sie bemerkte es erst jetzt.

Sie warf das Bett um, um sich dahinter zu verschanzen, doch das half nicht viel, denn ein weiteres Projektil durchschlug die Tür und durchdrang die Matratze, die auf den Boden gerutscht war, und den Lattenrost dahinter. Marta schoss beliebig auf das Schloss, doch sie hielt die Pistole nach unten, und die Projektile durchquerten das Zimmer in einem ungünstigen Winkel.

Grazia wusste nicht, was sie tun sollte. Sie lief zum Fenster, öffnete es und suchte nach einem Fluchtweg. Es war zu hoch, denn das Haus stand auf einem Abhang; auf der Vorderseite hatte es nur zwei, auf der Hinterseite jedoch drei Stockwerke, die Garage war halb in den Hang hineingebaut, und als sie sich im Regen hinausbeugte, um hinunterzuschauen, sah Grazia das durchschlagene Dach und Simones weißen, unbeweglichen Körper zwischen den Brettern. Da schnürte ihr ein Schluchzen die Kehle zu, und sie hätte zu weinen begonnen, wenn nicht ein weiteres Projektil im Kopfteil eingeschlagen hätte, an dem sie lehnte, und ihre Hand streifte.

Doch das war es nicht, und es war auch nicht der Schmerz, der auf ihrer Haut brannte, und auch nicht der Holzsplitter der Tür, der unterhalb des kleinen Fingers in ihre Haut gedrungen war, sondern der Wandverputz, der in den Korb, auf die Babys gefallen war, die mit roten, verkrampften Gesichtern brüllten, und sie wie hässlicher, mehliger, schmutziger Schnee bedeckte.

Da schrie Grazia, beziehungsweise brüllte sie, packte den Kleiderständer und schlug wie mit einem Stock auf das Schloss, von oben und von der Seite, bis sich die Klinke und dann das ganze Schloss mit der Kette abgelöst hatte, samt Klinke und Platte, warf sich auf die Tür, die aus den Angeln sprang und auf Marta fiel, die einen Schritt zurück machte, mit gesenkter Pistole, und die die Tür anblickte, ohne zu verstehen, was vor sich ging.

Beide fielen auf das Sofa, Grazia oben, sie versuchte Marta festzuhalten, und Marta unten auf den durchgesessenen Kissen. Die Pistole war ihr aus der Hand gefallen, sie lag auf dem Boden, und Grazia drückte ihr eine Hand aufs Gesicht, während sie sie mit der anderen am Handgelenk zu packen versuchte.

Ich bin eine Maus.

Ich beiße in die Hand auf meinem Mund, und wenn du sie wegziehst, beiße ich dir ins Gesicht, ich versenke meine Zähne in deiner Wange.

Ich spucke den Geschmack deines Blutes aus und befreie mich.

Ich kauere mich auf dich und drücke mit den Füßen auf deine Brust.

Du kannst mich nicht festhalten.

Ich bin eine Maus.

Grazia krachte mit dem Rücken auf den Boden, so heftig, dass ihr die Luft wegblieb, ihre Hand und ihr Gesicht bluteten und brannten. Marta war nackt, Grazia konnte sich nicht an Kleidungsstücken festhalten, doch als sie über sie drüberstieg, um die Pistole zu erreichen, packte Grazia sie am Knöchel und Marta fiel hin.

Gleichzeitig standen sie auf.

Die Pistole lag zwischen ihnen.

Nicht nachdenken.

Die Anstrengung ist ein blinder Hund. Auch der Schmerz ist ein blinder Hund, wenn du davonläufst, beißt er dich in den Rücken.

Das Gewicht ist nur eine zu erreichende Zahl. Eine Stufe ist nur eine zu erreichende Zahl.

Eine zu überwindende.

Wenn ich atme, spüre ich die Luft, die aus einem Loch meiner gebrochenen Nase dringt, sie brennt zwischen meinen Lippen, die wegen des verschobenen Kiefers weit auseinanderklaffen.

Nicht nachdenken.

Ich habe wohl einen Schnitt am Kopf, ich spüre etwas Klebriges in den Haaren, und einen weiteren tiefen Schnitt am Schenkel, ich habe ihn berührt. Doch die Knochen sind intakt. Beine, Wirbelsäule und Arme.

Die Kälte des Regens auf meiner Haut hat mich geweckt. Die Schauer brannten wie Ohrfeigen. Wasser strömte auf meinen schmerzenden Körper, wie unter der Dusche nach dem Training. Ich bin aufgestanden, es ist mir gelungen, das war das Schwierigste. Dann ein Schritt nach dem anderen. Nur eine zu erreichende Zahl.

An der Tür habe ich keinen Lavendel gefunden, der Sturm hat ihn weggefegt, doch ich bin über die fröhliche Polizistin gestolpert. Ich bin in ihrem Blut ausgerutscht.

Nicht nachdenken.

Ich steige einzeln die Stufen hoch, halte mich mit der offenen Hand an der Wand an.

Nur mit einer.

In der anderen habe ich ihre Pistole.

Als Simone das Zimmer betrat, krumm und blutüberströmt wie ein Zombie, mit blutigem Schaum vor dem Mund und der Pistole in der Hand, drehte Grazia sich als Erste zu ihm um, und Marta, die nicht mit ihm gerechnet hatte, folgte ihr instinktiv. Sie schnellten gleichzeitig los, doch Grazia war schneller, packte die Beretta und warf sich mit gesenkten Schultern zur Seite, als ob sie Fangen spielten und sie sich nicht berühren lassen wollte.

Marta machte einen Schritt zurück, fast als ob sie einen Anlauf nähme, und während Grazia den Arm in ihre Richtung hob, setzte sie zu einem Sprung an und traf sie mit beiden nackten Beinen auf dem Bauch, direkt auf der Wunde, und stieß sie weg.

Grazia flog durch den Rahmen der eingetretenen Tür, fiel auf den Boden des Kinderzimmers und die Kaiserschnittwunde schmerzte so sehr, als ob sie in der Mitte entzweigeschnitten würde. Als sie sich aufrichtete, stand Marta mit der Pistole in der Hand auf der Schwelle.

Sie drehte sich zur Seite und zielte aus der Bewegung heraus auf Simone.

Doch der Schuss löste sich nicht. Offenbar hatte die Beretta Ladehemmung, eine Patrone hatte sich verklemmt, als sie zu Boden gefallen war.

Simone hörte das Klicken nicht, er stand zu weit entfernt, es hatte aufgehört zu donnern, doch der Regen rauschte noch laut. Er hielt Ersilias Pistole vor sich hin, zielte hierhin und dorthin, und wartete darauf, dass Grazia ihm eine Anweisung gab. Er zwang sich, sie zu rufen, *'Azzia,* ein heiseres Krächzen drang aus seinem gebrochenen Kiefer, und die Beine zitterten vor Schmerz.

Grazia sah ihn nicht, er stand jenseits des Türstocks, und einen Blinden zum Schießen anzuleiten, so etwas kam auch nur im Film vor. Doch sie sah Marta auf der Schwelle. Jetzt hielt sie die Pistole am Lauf, wie einen Hammer.

– Liebe mich, flüsterte sie ihr zu, – ich bitte dich, liebe mich. Ich will euch nicht wehtun, doch ich werde dich und die Babys umbringen, ich werde ihnen den Kopf einschlagen, wenn du mich nicht liebst. Ich will es nicht tun, ich bitte dich, ich will nicht, ich will nicht, ich will nicht.

Grazia war auf dem Boden zu den Babys hin gerutscht. Sie umarmte den Korb. Sie hätte sie mit den Fingernägeln verteidigt, mit Bissen, mit allem. Sie hatte Angst.

Marta strich sich mit der freien Hand über die Haare. Sie schlug sich mit den Fingern seitlich auf die Stirn, sehr schnell und immer wieder.

– Liebe mich. Diesmal wirklich. Auf immer. Liebe mich.

Draußen regnete es, die Babys schrien, Martas Flüstern war kaum mehr als ein Hauch und Grazia hörte es nicht. Auch Simone hörte es nicht, der weit weg stand, doch auch sie nicht, die nur ein paar Meter entfernt war.

Marta zog den Rotz hoch. Tränen liefen ihr über die Wangen. Ihre Lippen zitterten.

Liebe mich, flüsterte sie, *liebe mich*, sagte sie lauter, *liebe mich*, schrie sie!

– LIEBE MICH!

Simone hörte sie. Er zielte mit der Pistole ein Stück mehr nach links, und leerte das ganze Magazin, wobei er mit dem Handgelenk der anderen die Schusshand stützte, damit sie nicht abgelenkt wurde.

Grazia duckte sich über den Korb, bedeckte die Babys, denn die Schüsse schlugen auf der Schwelle ein, und jemand hatte das Zimmer betreten. Das Echo der Detonationen hallte in ihren

Ohren, sie vergrub das Gesicht im Korb, hielt die Babys in den Armen und wartete darauf, einen Schlag mit dem Knauf der Pistole zu erhalten.

Doch er blieb aus.

Grazia hob den Kopf und spähte aus der Tür. Marta lag am Boden, auf dem Rücken, ein Projektil hatte sie getroffen.

Sie weinte tonlos, mit aufgerissenem Mund und einer Hand auf den Augen, immer wieder ging ein Zittern durch ihren Körper, sie schluchzte wie ein Kind, mit gespitzten Lippen, weinte verzweifelt, und so starb sie.

Amor.

Bologna 5

Der Bildausschnitt wäre richtig, doch genau hinter ihm steht eine Laterne, deren Reflex auf seinen Glatzkopf fällt und ihm eine Art Heiligenschein verleiht, es sieht nahezu aus, als ob seine Ohren brennen würden. Er versucht die Laterne zu verdecken, indem er ein wenig zur Seite tritt, doch so verdeckt er auch die Schrift auf der Kühlerhaube, *Wenn Du Hilfe brauchst, ruf die Casa delle Donne di Bologna an: 051 333173*, und er will, dass die Schrift immer zu sehen ist, er hat sie extra mit dem auf Twitter gesammelten Geld auf dem Auto anbringen lassen. Schließlich findet er den richtigen Bildausschnitt, er lehnt am Kühler, kein Heiligenschein mehr, sondern ein Gegenlicht, wie von einem Regisseur eingerichtet, und die Nummer und eine Übersetzung der aufgedruckten Info, diesmal auf Arabisch. Er weiß ja, wenn er einmal anfängt, vergisst er auf alles andere und beginnt rumzuzappeln, er ist ja kein Schauspieler, obwohl ihm alle sagen, er wäre einer.

– Also Beginn des Nachtdienstes, der Reihe nach: Eine Dame steigt beim Bahnhof ein, *zum Glück sind Sie da, sobald es finster wird, gehe ich nicht mehr zu Fuß, Bologna ist Wilder Westen, nachts ist Ausgangssperre, haben Sie gehört, was passiert ist, wann?, vor drei, vier Monaten, das Massaker, war nicht auch ein Taxifahrer beteiligt?, ich habe ihn in den Nachrichten gesehen, wissen Sie, dass Sie ihm ein wenig ähnlich sehen?* Ich: *Ja, ich habe auch was gesehen, setzen Sie bitte die Maske auf,* und sie: *Sehr gut, sehr gut, ja, die Maske, bei den vielen Ausländern, die herumlaufen, Bologna ist*

Wilder Westen, nachts ist Ausgangssperre, wozu brauche ich da eine Maske.

Er hat sich jetzt tatsächlich bewegt, dreht sich um die eigene Achse, und die Laternen lassen seine Glatze glühen, doch jetzt ist er in Fahrt und bemerkt es nicht.

– Dann steigt eine Dame in der Zone Fiera ein, *hallo, bringen Sie mich in ein Hotel außerhalb von Bologna, denn in Bologna sind die Hotels teuer und ich habe nur wenig Geld, suchen Sie ein billiges Hotel für mich, danach schauen wir, ob ich noch genug Geld für das Taxi habe, darf ich das Internet auf Ihrem Handy benutzen?* Sehr gut, – mit lang gezogenem, engem ee, – dann habe ich am Flughafen einen Knirps aufgegabelt, einen Ausländer, der nach Maranello wollte, gut, ich rechne nach, es ist eine vierzigminütige Fahrt, doch das wusste er, denn er kommt immer wieder zum Arbeiten her, dann sagt er unterwegs, fast am Ziel, zu mir, – und dabei schlägt er sich mit der Hand auf die Schulter, was die Aufnahme verwackelt, – *stop, stop, stop, Notfall,* und ich bin am Straßenrand stehen geblieben, neben der Baumreihe, weil er scheißen musste. Gut. Ich habe dem Herrn sogar Feuchttücher gereicht, Full Service. Das ist zweimal hintereinander passiert, wir haben statt vierzig Minuten eine Stunde gebraucht, und schließlich hat der Herr mir zwanzig Euro Trinkgeld gegeben. Zehn Euro pro Dünnschiss, sehr freundlich.

Er lächelt, dann sieht er die Folge der Arkaden hinter sich. Sein rundes Gesicht füllt fast den ganzen Bildausschnitt, doch die gelbliche Reihe von Lichtern und Schatten hinter ihm, verlassen und still, ist deutlich zu sehen.

Er ist am Nettuno-Standplatz.

Allein.

Immer wenn er daran denkt, hat er plötzlich einen Kloß im Hals, und er muss schlucken. Doch das dauert nur einen Augenblick, er hat so viel zu tun und zu sagen, wenn er aufhört, muss er von vorne anfangen, und er möchte noch eine Geschichte erzählen, die, die ihm am besten gefällt.

– Dann steigt noch ein Herr zu, genau hier an diesem Standplatz, er will ins Bolognina-Viertel, gut, doch unterwegs kommt plötzlich ein Hilferuf, der Ruf nach einem Defibrillator, ich habe einen im Auto, – er zieht unter dem Sitz eine rote Tasche mit einem weißen Herzen darauf hervor und schwenkt sie ein paarmal vor der Kamera, – die haben wir von der Co.Ta.Bo, wir sind ungefähr dreißig Taxifahrer, wir haben einen Befähigungskurs gemacht, wir haben eine App der Region Emilia Romagna auf dem Handy, und wenn etwas passiert und das Taxi näher ist als die Ambulanz, ruft man uns, – er stopft die Tasche wieder unter den Sitz und bleibt mit dem Arm am Steuer im Auto sitzen, – es kommt also der Hilferuf rein, ich bin nur fünf Minuten entfernt und sage zu dem Herrn, *entschuldigen Sie, aber ich muss fahren, was machen Sie, kommen Sie mit oder soll ich Sie hier stehen lassen und Ihnen ein anderes Taxi rufen?* Und er, *meinen Sie das ernst, ich komme mit und helfe Ihnen.*

Roberto zuckt lächelnd mit den Achseln.

– Was soll ich euch sagen? Ich habe den schönsten Beruf der Welt, in der schönsten Stadt der Welt.

Zwei Jungs machten an der Einmündung der Via d'Azeglio Musik, spielten mit Banjo und Klarinette *Midnight in Moscow*, in einem sehr schnellen Jazzrhythmus, sie waren sehr gut, ihre Instrumentenkästen waren bereits voller Münzen. Sie spielten sehr laut, mitgerissen von der Musik, und deshalb musste Carlisi Grazia ein paarmal rufen, er winkte auch mit der Hand, bevor Grazia den Kopf vom Kinderwagen hob und ihn bemerkte.
– Grazia!
Für März war es schon sehr warm, doch es war auch windig, und Grazia bückte sich, um die Decke der Babys zu richten, die schon vier Monate alt waren, doch noch klein genug, um im Kinderwagen Platz zu haben. Sie sah ihn, wie er auf einer Bank auf dem Platz saß, mit der Zigarette in der Hand, und ging schnell zu ihm hin, denn er würde sie noch einmal rufen, und die Leute, die den Jungs zuhören wollten, sahen ihn bereits verärgert an.
– Wie geht's? Wie geht es dir? Den Babys? Lass mich sehen.
Er beugte sich über den Kinderwagen, ohne aufzustehen. Sie hatten sich erst vor Kurzem gesehen, doch der Vicequestore schien gealtert. Entweder war sein Bart gewachsen oder die Haare waren länger, sie waren nicht nur unfrisiert wie immer, sondern auch zerrauft, als ob er gerade aufgestanden wäre. Er zeigte ihr die fast fertig gerauchte Zigarette.
– Schau, wozu sie mich zwingen. Sie haben mir eine Vize beigestellt, die mir mit dem Rauchen am Arbeitsplatz mächtig auf die Eier geht. Es gibt zwar einen Balkon, aber ich gehe lieber ins Freie, trinke einen Kaffee und schau mir ein paar Ärsche an, es wird ja bald Sommer. Bei dem, was ich mir leisten kann ...

Er machte einen letzten Zug, dann ließ er die Kippe fallen und machte sie mit der Schuhspitze aus. Unter der Bank lag bereits eine.

– Das ist weniger eine Vize, sondern eine Pflegerin. Sie sprechen von Pensionierung, von Versetzung, doch ich setze mich zur Wehr. Sicher, wenn du bei mir wärst, wäre es anders. Ich bin der Trottel, der alles versaut hat, du hast sie geschnappt.

Ein Baby nieste. Grazia rückte ihm das Wollhäubchen zurecht und zeigte mit dem Finger auf sie. Sie zeigte auf beide.

– Ich bin jetzt Mutter.

– Noch. Bald ist die Karenz vorbei. Was wirst du machen?

Grazia zeigte wieder auf die Babys.

– Ich habe jetzt andere Sorgen.

– Du antwortest mir nicht. Warum gehst du ausgerechnet vor dem Polizeipräsidium spazieren?

Er zeigte mit dem Kinn auf das Gebäude am Ende der Straße, an der Ecke. Es war das Gebäude der Einsatzpolizei. Grazia lächelte.

– Dort ist das Präsidium, hier sind wir im Zentrum. Piazza Maggiore, Via d'Azeglio, wo soll ich mit den Babys spazieren gehen, immer im Margherita-Park? Und außerdem ist hier der Kinderarzt.

– Blödsinn.

– Mag sein. Vielleicht. Doch im Augenblick ist es nun mal so. Ich bin Mutter und aus.

Auch Carlisi lächelte, doch auf seinen Lippen lag ein spöttischer, hinterhältiger Ausdruck. Er berührte den Rucksack, der an einem Griff des Kinderwagens hing.

– Ich wette, da drin ist die Pistole.

– Dass ich nicht lache. Da drin sind die Windeln.

– Aber du hast noch eine Pistole, nicht wahr? Irgendwo. – Er betrachtete sie von hinten, als wollte er einen Blick auf ihren Hintern werfen, doch sein Blick blieb weiter oben hängen, auf dem Gürtel unter der Jeansjacke.

– Ich hatte unangenehme Erlebnisse, flüsterte Grazia.

– Ist gut, wir unterhalten uns, wenn du eine Entscheidung treffen musst. Früher oder später, das bleibt dir nicht erspart.

– Ich habe sie schon getroffen. Ich bin Mutter.

– Man kann beides sein.

– Ja, aber ich will nicht.

– Schauen wir mal.

Carlisi hatte schon wieder eine brennende Zigarette zwischen den Fingern. Er blies den Rauch in die andere Richtung, weit weg, bevor er sich wieder über den Kinderwagen beugte.

– Sie sind hübsch. Sie sehen dir ähnlich. Wie geht es deinem Ex?

– Gut, glaube ich. Er hat sich erholt. Ich habe schon seit einer Weile nichts von ihm gehört.

– Denk darüber nach. Mit dir wäre es anders. Und ich war nicht ganz allein daran schuld, wir haben die Zufälle falsch interpretiert, die nicht wirklich Zufälle waren, wir glaubten nicht daran, die Dinge sind passiert und hatten eine bestimmte Bedeutung, die nicht unsere war, verstehst du mich? Nein, sie haben mich auch nicht verstanden, stell dir vor, ich verstehe mich auch nicht … Wie hätte man auch auf die Idee kommen sollen, dass so ein dünnes Storchenbein … Wie viele hat sie umgebracht, Grazia, verdammt, wie viele hat sie umgebracht?

Sie wollte nicht darüber nachdenken. Sie wollte nicht mehr daran denken. Grazia wollte alles vergessen, auch wenn auf ihrer Wange noch immer die Abdrücke von Martas Zähnen waren, auch wenn sie nachts aufwachte und in der Dunkelheit nach Luft rang. Sie schlief mit den Babys neben sich, sie lagen zwischen ihr und der Wand, und sie richtete ihnen zehnmal die Decke, hielt ihnen den Finger vor den Mund und eine Hand auf den Rücken, um zu spüren, ob sie noch atmeten. Die Pistole lag auf dem Nachtkästchen.

Doch sie wollte nicht darüber nachdenken. Der Wind war noch hartnäckig und auch zu kalt, sie wollte nur daran denken, an sonst nichts. Ein Baby hatte geniest. Lieber nach Hause gehen.

Sie verabschiedete sich von Carlisi und schob den Kinderwagen über die Via d'Azeglio, um nicht in die andere Richtung, Richtung Polizeipräsidium, zu gehen.

Ein Stück weiter blieb sie stehen und zog das Handy aus der Jackentasche. Sie glitt mit dem Daumen über das Display, bis die letzten Anrufe auftauchten, und berührte Simones Namen. Sie betrachtete das klingelnde Handy, Handyanruf, bis es zu läuten aufhörte.

Das hatte sie schon mehrmals gemacht. Sie war auch an seinem Haus vorbeigegangen und hatte an der Gegensprechanlage geklingelt, und sie hatte ihn am Festnetz angerufen, zuerst alle Tage, dann mehrmals am Tag, dann immer weniger, und jetzt nur noch hin und wieder.

Doch er hatte nie abgehoben.

Langsam gleite ich mit der Schuhsohle über den Boden, bis ich zwischen Schienbein und Ferse die Hantelstange spüre. Dann mache ich einen halben Schritt rückwärts, mitunter auch einen kleineren, damit die Stange genau quer vor den Füßen liegt. Ich muss die Stellung der Beine nicht anpassen, sie sind ausreichend weit gespreizt.

Mein Problem, denke ich, sind die Finger.

Es hat ein wenig gedauert, bis ich wieder fit war, doch ich habe es geschafft. Langsam und allmählich, begierig, doch ohne Eile, habe ich die Muskeln unter den Gewichten aufgebaut, bis ich sie wieder wie ein dichtes und festes Netz unter der Haut gespürt habe.

Zum Glück war kein wichtiger Knochen gebrochen. Der Kiefer ist noch steif und ich habe Probleme beim Sprechen, doch das macht nichts, denn ich spreche mit niemandem. Meine Nase ist schief, doch niemand sieht mich an, ich mich auch nicht.

Hin und wieder wurde mir schwindlig, doch auch das ist vorbei.

Jetzt bin ich wieder ich.

Mit geradem Rücken beuge ich die Knie, bis ich die Stange berühre. Ich atme tief ein.

Mein Problem sind die Finger.

Ich muss fest zudrücken.

Ich packe das gerillte Metallteil, bereit, hochzudrücken.

Ich weiß, das Gewicht ist nur eine zu erreichende Zahl.

Ich lebe hier.

Im Inneren.

Anmerkung

Die Liedtexte auf den Seiten 7, 99 und 165 stammen aus dem Song *Léon* von Melancholia. Text von Benedetta Alessi und Musik von Mauro Formica und Diego Radicati. © 2021 by Sony Music Publishing (Italy) Srl. Alle Rechte vorbehalten. Abdruck mit freundlicher Genehmigung von Hal Leonhard Europa Srl *obo* Sony Music Publishing (Italy) Srl.

Die Liedtexte auf den Seiten 12, 13, 49, 50, 95, 114, 156, 158, 159, 173 und 182 stammen aus *Lost Umbrella*. Text und Musik von Inaba Kumori und Kaai Yuki. © Inaba Kumori.

Die Liedtexte auf den Seiten 56 und 57 stammen aus *Amandoti*. Text von Giovanni Lindo Ferretti und Musik von Massimo Zamboni © 1990 by Right Managment (Italy) Srl. Alle Rechte vorbehalten. Abdruck mit freundlicher Genehmigung von Hal Leonard Europe Srl *obo* Bmg Rights Management (Italy) Srl.

Die Zitate auf Seite 130 stammen aus Raul Montanari, *Der Perfektionist*, Ullstein, 1998.

Danksagung

Wo soll ich anfangen?
    Fangen wir bei der Musik an. Ich will nicht allzu pathetisch klingen, doch wenn man ein Buch schreibt, vor allem in dem intensiven Augenblick, in dem eine Geschichte an die Oberfläche drängt, hat man ein Gefühl wie von einer brennenden oder juckenden Wunde. Immer, wenn die Wunde berührt wird, und sei es auch nur von der Luft, brennt sie und das, was die Wunde berührt hat, landet in dem Buch. Ich hatte diesen Roman im Kopf, doch es fehlte der zündende Funke. Dann eines Tages sah ich Castings von X Factor im Fernsehen, ich hörte die Band Melancholia, die *Léon* sangen, und *bumm!* Wie bei *Almost Blue* und allen Romanen, deren Protagonistin Grazia Negro ist, lieferte mir ein Song – eine Musik, eine Stimme oder auch nur ein Blick – das Wesen, den Zauber und den Wahnsinn der Geschichte, die ich schreibe. Also danke ich der Band, dass sie sie mir gezeigt haben. Die Wunde ist noch immer offen, und irgendwann hörte ich *Amandoti* – nach wie vor bei der Sendung X Factor, der ich ebenfalls danke –, allerdings in Nairs Version, der mir mit seiner Interpretation wiederum andere Dinge vor Augen geführt hat. Danke also auch ihm. *Lost Umbrella* hingegen verdanke ich meinen Zwillingen, die zehn Jahre alt sind und Songs hören, von denen ich nicht einmal zu träumen wagte, als ich Punk war. Ich habe ihnen ein paar Klassiker dieses Genres vorgespielt und sie haben mich angesehen wie einen Opa mit Gehhilfe, der von der Vergangenheit erzählt, als er Mazurka tanzte. Kaai Yuki ist nicht so extrem, doch abgesehen davon, dass der Gesang von einem Vocaloid stammt und nicht von einem echten Sänger – was ziemlich unheimlich ist –, habe ich dahinter einen Wahnsinn gespürt, bei dem ich viele Dinge verstanden habe. Den Wahnsinn meiner

Figuren und meinen Wahnsinn, nicht jenen der Kinder, um Gottes willen, sie haben bis vor Kurzem noch Hundesticker ins Album geklebt.

Nun möchte ich mich bei den Figuren bedanken, auch wenn es seltsam erscheinen mag, dass man sich bei den Figuren eines fiktiven Romans bedankt, doch hin und wieder landet jemand in meinen Geschichten, den es wirklich gibt, er leiht mir seinen Namen, sein Gesicht und auch ein wenig von seinem Leben, wie meine Freundin Grazia Negro, die im wirklichen Leben etwas ganz anderes macht, sie beschäftigt sich mit Musik. Oder wie Roberto, der wirklich das Taxi *Bologna 5* fährt, und der hier in einer reduzierten Version seiner selbst auftritt, denn im wahren Leben ist er viel außergewöhnlicher, fantastischer und origineller, als ich ihn hier beschrieben habe. Abgesehen davon, dass er und seine Freundin Annabella – die ebenfalls im Roman vorkommt – zu den nettesten, positivsten und großzügigsten Menschen gehören, die ich kenne. Danke dafür, dass er mir die magische Welt der Taxifahrer offenbart hat und mir Dinge in Bologna gezeigt hat, die ich nicht kannte.

Die Figuren: Massimo Picozzi hat anders als in dem Roman davor nicht direkt Eingang gefunden, im Gegensatz zu seinen Thesen zur dunklen Hälfte unserer Psyche, auf die er spezialisiert ist. Ich danke auch Corrado De Rosa, ebenfalls Psychiater und Schriftsteller, für seine Thesen. Nicht sie sind schuld, dass ich die Kriminologie bemüht habe, sondern dramaturgische Notwendigkeiten, oder es ist meine Schuld, weil ich ein unverbesserlicher Schurke bin.

Dasselbe gilt auch für das Thema des Gewichthebens, einer noblen Tätigkeit, der ich mich mit übermäßigem Eifer gewidmet habe – allerdings glaube ich, dass ich zu alt dafür bin – und die Simone auf seine ganz spezielle Weise interpretiert. Ich beziehe mich vor allem auf Nicholas Rubini, den Viking, einen Coach, und auf die Texte von Andrea Roncari, die von Project Invictus veröffentlicht wurden. Sollte ich zu sehr vereinfacht, oder, schlimmer noch, den Inhalt entstellt haben, entschuldige ich mich auf dieselbe Weise: dramaturgische Notwendigkeit, oder ich bin ein unverbesserlicher Schurke.

Von Yoga verstehe ich nicht viel, ich habe Informationen meiner Freundinnen wie Barbara Piccinnu verwendet, die Expertinnen sind, sowie Online-Workouts wie die von Ariane Ravazzi. Danke auch ihnen.

Danke auch Raul Montanari, für den Anfang seines wunderbaren Romans *Der Perfektionist,* und auch allen anderen Kollegen, denn beim Schreiben bezieht man sich auch immer wieder auf das, was man gelesen hat.

Und danke an Paolo Giacomoni, der in Bologna viele schöne Dinge macht und mir zu Zeiten von *Almost Blue* viele Dinge über das Leben und den Alltag von blinden Menschen nähergebracht hat. Mein Simone ist damals entstanden, und da er auch in diesem Roman wieder auftaucht, bedanke ich mich auch diesmal wieder herzlich bei ihm.

Und da man Bücher, auch Romane, nicht allein schreibt, bedanke ich mich auch bei Beatrice Renzi, meiner Assistentin, Roberto Santachiara, meinem Agenten, dem Verlag Einaudi und vor allem Paolo Repetti und Francesco Colombo von Einaudi Stile Libero, und Chiara Bertolone, deren Professionalität, Geduld und Kreativität es zu verdanken ist, dass eine Menge an Korrekturen und verspäteter Änderungen wie diese Danksagung noch Eingang gefunden haben.

Es stimmt zwar, dass es nichts so Heroisches gibt wie das Schreiben, doch man schafft beim Schreiben immer Chaos, das auch das Leben der anderen auf den Kopf stellt. Deshalb bedanke ich mich bei meiner Frau Yodit und bei meiner Familie, auch für vieles andere, das mit diesem Buch nichts zu tun hat.

Falls ich jemanden vergessen haben sollte, was ich bestimmt getan habe, entschuldige ich mich. In diesem Fall sind weder dramaturgische Notwendigkeiten noch Raum- und Zeitmangel verantwortlich. Sondern nur ich, der ich ein unverbesserlicher Schurke bin.

Der Roman wurde in Mordano (BO) begonnen, ich erinnere mich nicht, wann, weil ich kein Datum notiert habe, und er wurde am 11. Oktober 2021 auf dem Parkplatz des Restaurants *Al Cambio* in Bologna beendet, mit dem Computer am Steuer.

Inhalt

Teil eins:
Der Leguan
7

Teil zwei:
Ray Cooper
99

Teil drei:
Die Maus
165

Anmerkung
210
Danksagung
211

Die Originalausgabe ist 2021 bei Einaudi, Turin, unter dem Titel *Léon* erschienen.
© 2021 Carlo Lucarelli
Published by arrangement with Agenzia Letteraria Santachiara
© 2021 Giulio Einaudi editore s.p.a., Torino

Die Drucklegung erfolgte mit freundlicher Unterstützung durch die
Abteilung für deutsche Kultur in der Südtiroler Landesregierung.

Korrektorat: Joe Rabl

© der deutschsprachigen Ausgabe
FOLIO Verlag Wien • Bozen 2022
Alle Rechte vorbehalten

Umschlagfoto: © Shutterstock

Grafische Gestaltung: Dall'O & Freunde
Druckvorbereitung: Typoplus, Frangart
Printed in Europe

ISBN 978-3-85256-863-8

E-Book ISBN 978-3-99037-135-0

www.folioverlag.com